メリナの国で

新編　旅のなかの旅

山田　稔

編集工房ノア

メリナの国で——新編「旅のなかの旅」 目次

装幀　山田　稔　森本良成

メリナの国で

出　発

日程も組まず、宿も決めずにある日ふらりと出かける。その自由でまた一方不安でもある気分が、おそらくわたしにとって旅の魅力の大半を占めているのだろう。だが行き先が未知の外国となると、その自由の割合はいちじるしく減り、その分だけ不安がふえ、心細くさえなってくる。それをこらえて自分の尻を叩く、そんな気持で出かけるのだ。

この気まぐれな旅はこれまではなんとかうまくいった。予約していなくても一人ぐらい泊まれる場所は見つかった。外国で言葉が通じなければ身ぶり手ぶり、何とか急場をしのぐことができた。もっとも、若いころの話だが。

このようにとくに旅行好きでもないわたしだが、パリにしばらく住んでいる間に、日本からだとそう簡単には行けそうもないヨーロッパの町を二、三訪ねてみたいと考えるくらいの好奇心はある。時、あたかも復活祭のヴァカンス、わたしの勤務するパリ東洋語学校（通称ラング・ゾ）も休みに入る。行き先をギリシャに選んだのは古代ギリシャ文明への関心からではなく、そこがわたしの好きな音楽家ミキス・テオドラキス、メリナ・メルクーリの祖国だからである。

ところが友人にギリシャに行って来ると伝えると、みな口をそろえて部屋を予約して行くようすすめる。復活祭のヴァカンスだから、世界の各地から観光客が押し寄せてくるよと。

そう言われ、早や尻ごみしかける気持を奮い立たせ、わたしは日ごろの主義に反しツアー旅行に加わることにきめた。なにしろ自分ひとりでは何もできないのだから。そこでまだ寒い三月半ば、オペラ座の近くに店を構える世界旅行社を訪れた。ギリシャ旅行と聞くと、若い男性の係員はすぐに資料を取り揃えてくれた。目を通していくと「エーゲ海島めぐり付十五日間コース」というプランが目にとまった。十五日は少々長すぎるが、これならエーゲ海もたっぷり見られるだろう。

これにしようと言うと、係の男はたずねた。

「ホテルの等級はどれになさいます。A、B、Cとありますが」

かねてからわたしは旅行をする場合の原則として、高級ホテルには泊まらないことに決めていた。経済的理由はもちろんある。が、しかしそれ以上に、高級ホテルには個性が欠けているというか——泊まったことがないのであくまで想像の域を出ないが、アメリカ型つまり豪華快適一色で、どこの国どこの都市でも同じ。つまり「顔がない」のである。

それにたいし、わたしのとぼしい体験に照らして言えば、ヨーロッパではCクラスあるいはそれ以下のホテルでさえ結構泊まれるのだ。エレベーターがない、電話がない、浴室・便所は共同、暖房が不十分等々の不便はあるにせよ、部屋とベッドは清潔、そして何よりも嬉しいことに、個性豊かな主人やボーイが客を迎えてくれる。

で、A、B、Cの三つの等級があると聞いたとき、とっさにわたしはCと心の中で決めたが、なおためらっていると、

「Cクラスでもけっして悪くはありませんよ」と係員が口を添えた。単身参加の若者ならCクラスで十分と言われたような気がした。当時わたしは五十間近だったが、長

髪にサングラスをかけたりして、よく若者と見られていたのだ。係の男はさらにつづけて、

「だいじょうぶですよ。ギリシャ旅行にかけてはわが社はフランス一ですし、お客さまにはいつも満足していただいております」

それでわたしはCクラスに決めた。だが十五日間ともなればCクラスでも結構高いのである。おまけに個室分の割増金がつき三千五百フランにもなる（一九七八年当時、一フラン五十二円）。そんな金の持ち合わせはない、出直そうと考えていると、「お決めになるのなら、今がぎりぎりですよ。復活祭のヴァカンスは混みますから」と言われ、その場で予約金としていくらか払い込み、一週間ほどしてまた旅行社に足をはこび、十数枚綴りのクーポン券を受け取った。見ると、わたしがアテネで泊まるホテルの名は「エコノミー・ホテル」となっていた。

エコノミー？　まさか日本人への当てつけではあるまい。だが、やはりCクラスだと名前からして違う。いずれにせよ、これはギリシャ旅行を夢見る者にうれしい名前ではない。

ところで、わたしの参加したツアーは「団体旅行」にはちがいないが、日本のそれ

とはことなり、半ば、個人旅行に近いものだった。十五日間の日程のなかに数日「自由時間」が組み込まれているのだ。さすが「自由」の国フランスである。

出発の日の朝、「時間厳守」の注意を忠実に守って定刻より早く、オルリ空港の「オリンピック航空」の標識の出ている窓口に行ってみると、旅行社の係員はおろか航空会社の者の姿すら見えない。まだ早すぎるからだろうとその場に佇んで待っていると、大きなトランクを二つ運搬車にのせた中年の男が妻らしい太った女と一緒に近づいて来た。そしてわたし同様、不安げな視線を誰もいないカウンターに投じた後、

「ギリシャ旅行はここですか」とたずねるので、

「そうです。あなたたちも?」

と応じてふと相手の胸を見ると、団体の名称を記した大きな青いバッジを付けているではないか。それで、この窓口はいくつもの団体の集合場所になっているらしいことが判った。

しばらくして、やっと航空会社の社員が二人、いかにも物憂げな足どりでやって来た。待ちかねたわたしはそのうちの若い女性の方をつかまえ、世界旅行社の名を挙げてたずねてみた。

「その社のものではないから、わかりません」

と彼女はいかにも面倒くさそうに言う。

「ここで待ってたら誰か来るでしょう」

ちょうどその日は月曜日で、彼女の顔には週末の快楽の疲れの色がにじみ出ており、ときおり遠慮なく大きく口を開けてあくびをしたりするのを見ていると、この会社の飛行機は今日、本当に飛ぶのかと疑わしくなってくる。

そのころには三、四十人ほどの客が集まっていた。そのほとんどは中年、あるいは初老の夫婦連れで、みな大きなトランクを二つも三つも持っている。わたしのようにショルダーバッグひとつというのは、もう軽装を通り越して軽率に思えてくる。よく見ると、彼らは皆胸にそれぞれ派手な色のバッジを付けている。どうやらわたし以外に、いくつもの団体が同じ飛行機でアテネに飛ぶらしい。

晴れがましいバッジを付けずに済んだのはありがたいが、同時にまた、一体誰が自分の仲間なのか見分けがつかず、不安でもある。

そのうち、バッジ組はそれぞれの旅行社の係員に連れられて移動しはじめた。ひとり残されたわたしは焦った。列をかき乱しつつよその係員のそばに近寄り、世界旅行社の人はいないか、とたずねてみたが、みな知らぬ存ぜぬの一点張りである。

わたしの社の若い女性係員がやって来たのは、三十分の幅をもうけて定めてあった集合時刻を二十分あまりも過ぎたころだった。彼女は遅れたことについて一言も謝ることなく、わたしが性急に告げる氏名を手にした名簿で確認すると、搭乗券を渡して立ち去ろうとする。

「待ってくださいよ。勝手に乗っていいんですか」

「ええ、どうぞ」

わたしは面喰らった。出発地から添乗員に引率されて行くものと思い込んでいたのだ。

「アテネではどうなるんですか」

「むこうでも、このマークを付けた人が（と上着のポケットから会社のバッジを取り出して見せ）迎えに来てます」

そう答えると彼女は出かかったあくびを噛み殺し、ちょっときまり悪そうにわたしに向かって笑った。

こうしてわたしは姿なき団体の一員として、言い換えるなら、旅の魅力であるはずの「自由と不安」の不安の方をしょっぱなからたっぷり味わわされながら、ギリシャへ旅立つことになったのである。

われわれいくつもの団体客を乗せたオリンピック航空のチャーター機は、わたしの失礼な予想を裏切ってほぼ定刻に離陸し、イタリア半島西岸沿いに南下した。地中海は今日も晴れている。エメラルドの海。海岸線をレース飾りのように縁どる白波。

イオニア海に出て間もなく機首を北東に転ずると、別の海が見えて来た。あ、エーゲ海。するとあの陸地はもうギリシャ半島だ。パリを発って約三時間、「ひかり号」の京都＝東京間の所要時間にほぼ等しい。

アテネには空港が二つあるらしく、われわれの着いたのは東空港だった。荷物の点検もなく税関を通過する。美男子の係官が着いたばかりのわたしに向かって、日本語で「サヨナラ」と言った。

団体とともに行動していれば間違いあるまいと、わたしはバッジ組の後にくっついて出口の方へ向かいながら注意深く周囲に目を配った。こちらには何の目印もないのだから、世界旅行社のバッジを付けた係員をわたしの方が発見しなければならない。

するとそのとき、出迎え人のなかから鮮やかなオレンジ色が目に飛び込んで来た。若い女性だった。あれだ、間違いない。オレンジ色はわたしの持っているクーポン券の表紙、およびクーポン券を入れておくビニール・ケースの色である。そして、いわば世界旅行社のシンボル・カラーともいうべきオレンジ色の上っ張りの胸には、紛れもない社の円いバッジ。

わたしは駆け寄り、ショルダーバッグのポケットからクーポン券を取り出して示しながら、

「世界旅行社の方ですね」

とフランス語で話しかけた。すると相手の顔がぱっと明るくなった。

「ムッシウ・ヤマダ？　ボンジュール。お待ちしていました」

彼女は手にした紙切れでわたしの氏名を確認してから流暢なフランス語でそう言い、こぼれんばかりの微笑を浮かべた。それから空港の出口の方へわたしを案内した後、この辺りで待っていてくれと言い残して姿を消した。

ギリシャに来て最初に接する女性の愛想のよさ、どこか東洋の血の混じっているよ

うな丸い感じ、当りの柔らかさ、そしてフランス語の通じる安心感にわたしは全身の緊張が一気にゆるむのを覚えた。

いったん落ち着きを取り戻すと、わたしはフランをこの国の通貨のドラクムに換えることを思いつき、近くに見つかった銀行の出張所の窓口に向かった。そして両替をすますと、あらためて周囲をながめた。

アテネ空港は規模はさほど大きくなく、とくに到着口は空港の裏口といった感じで、建物の前の広場は日本の田舎町の駅前のように閑散としている。ちょうど駐車中の数台の観光バスに、わたしと一緒に運ばれて来たバッジ組の観光客が乗り込むところだった。やがてバスは一台、また一台と発車し、すると後は妙にがらんとしてしまった。本日の観光サービスはこれにて終了、といった気配である。

わたしはあたりを見回した。わたしを運んでくれるバスはどこにいるのか。いや、そもそも、わたしの旅仲間はどこにいるのか。まさか一人だけの団体旅行でもあるまい。あるいはひょっとして、わたしもさっき出て行ったバスに乗るべきではなかったのか。

すると、風体のよくない男が近づいて来た。

「タクシー？」

「ノン」と言って断った。

また同じような男がやって来て「タクシー？」と誘う。今度は「ノウ」と断る。

そのうちに例のオレンジの制服を着た女性が、依然口もとににこやかな微笑を浮かべて戻って来た。やっと出発、と思って荷物を持ち上げると、

「日差しは邪魔になりません？」

と的外れなことをたずね、こちらに質問のひまもあたえず、

「じゃ、もうしばらく、そのままで」

と言い残して、ふたたび何処へともなく姿を消してしまった。

日差しは邪魔になるどころか有難い。後で知ったことだが、わたしの出発した四月十日の午後、つまりこうしてアテネ空港の出口に佇んでいたちょうどそのころ、パリでは雪が降ったそうだ。それほど天候不順で、いつまでも寒い土地からやって来た身には太陽の光だけでも大きな恵みである。

その、すでに初夏を感じさせる明るい午後の日差しを全身に浴びながらも、殺風景な眺めを目の前にしては、ギリシャに来たという実感どころか、ひとりほったらかし

にされている不安の方がつよい。心細さに周囲を見回すと、何時の間に現れたのか、数メートル離れたところに一組の男女の佇む姿が目にとまった。

男は五十五、六、頭はすっかり禿げ、その分を補うように黒々とした口ひげをたくわえている。長身だ。妻らしい連れの女性はくすんだ感じの、ずんぐりした女である。二人は派手な色調の大きなトランクを三つ足もとに置き、わたし同様ギリシャの太陽を楽しんでいるらしい。

見覚えのある顔だが、同じ飛行機ではなかったか。それとなく様子をうかがいながら、待ちくたびれたわたしは「あなた方も世界旅行社ですか」と話しかけようかとしばらく迷っていた。しかし「ギリシャ旅行にかけてはフランス一」であるはずの会社の企画する復活祭の休暇の旅に、わずか三人しか参加者がいないというのはおかしくないか。いや、これはきっと、Cクラスのホテルを選んだ者だけがこうして後に残されているのだ。何事にかけても階級差のはっきりしているフランスのお国柄を思えば、十分ありそうなことだ。そしてもしそうなら、われわれ三人は同じホテルに泊まることになるのだろうから、一言挨拶ぐらいはしておいた方がよくないか。

そんなことを考えながら、なおしばらく相手の表情を観察し、挨拶の機会をうかがっていた。ところが先方は男も女も、わたしの方を見向きもしないのだ。それで、わたしは二人の方を眺めるのを止め、車も人の姿も稀な広場の方へ視線を戻した。

そこへ三度目にオレンジ嬢（「嬢」かどうかわからないがこう呼ぶことにする）が、伝票のような紙切れを手にひらひらさせながら現れた。わたしはほっとして思わずその方へ二歩、三歩足を向けた。

オレンジ嬢の姿をみとめると例の夫婦連れも近づいて来た。彼女はやっと面倒な手続が済みましたと言わんばかりの寛いだ表情でわたしに向かって言った。

「いつもならタクシーで行くんですけど、あいにく今日はタクシーがストだから、わたしの車で行きましょう」

タクシー？　ギリシャでは観光客をタクシーでホテルまで運ぶことがあるのか。それとも、これは「フランス一」のこの会社だけのサービスなのか。だがわれわれはCクラス組なのだ。

しかし彼女はわたしの胸中などおかまいなく、

「いま車をこちらへ回しますから、待ってて下さい」

そう言い置いて姿を消した。あれ、また行ってしまった、今度はどれくらい待たされるのだろう。心配になって、連れの二人の様子をちらちらうかがいながら待っていると、今度は間もなく灰色の車を運転して戻って来て窓から顔を出し、こっち、こっちと手招きした。

彼女はまず、夫婦連れの大きな荷物を車の後部トランクに積み込み、つぎにわたしに向かって「あなたの荷物は」とたずねたが、ショルダーバッグひとつと知ると、うれしそうな微笑を浮かべた。それから二人連れに後ろの席に坐るよう指示し、つぎにわたしには自分の隣の助手席を指さした。

われわれが乗り込むと彼女はクーポン券の提出を求め、そこから「空港よりホテルへ」と記された一枚をちぎり取ると、「さあ、行きましょう」と、やっと車をスタートさせたのである。

走り出して間もなく、それまでは押し黙っていた夫婦連れの亭主の方がやっと口を開いた。

「さっき、タクシーがストだとあなたは言ったが、タクシーはどうかと誘われましたよ」

それは実はわたしも内心不審に思っていたことだ。するとオレンジ嬢はハンドルを

軽くさばきながら、

「あれはモグリ」

モグリ、つまり白タクみたいなものらしい。

後ろの二人連れは、また完全な沈黙に閉じこもってしまった。

空港から市内までの三、四十分の間、オレンジ嬢はアテネの町について簡単な説明をしてくれた。近郊を含めると人口約二百万。主要建造物は国会議事堂、国立公園、国立博物館。名所旧跡は言うまでもなくアクロポリスの丘とパルテノン神殿、ハドリアヌスの門。繁華街の中心はシンタグマ広場とオモーニア広場、エトセトラ、エトセトラ……。

彼女は実際に「エトセトラ、エトセトラ」と出かかったあくびを慌てて嚙み殺そうとするように、妙な抑揚をつけて言ったのである。つい、わたしも笑いがこみ上げてきた。

相手がわずか三人ではガイドの仕甲斐もあるまいと同情を覚えながら、わたしはいちいち頷いたり、ときには、どうでもいいような質問を挟んだりした。後部座席の二人連れは聞いているのかいないのか、ずっと黙ったままなので、わたしは個人的に話しかけられているような気がするのだ。何か質問しなければ失礼ではないか。しかし乏しい知識では、たずねることもすぐ尽きてしまう。

「あなたはフランス語がとても上手だけど、ギリシャでは外国語として、フランス語が通用するのですか」

やっとこれだけ訊ねると、

「いいえ。外国語としてはまず英語。つぎにドイツ語、三番目がフランス語ね。英語の学習は、いまでは学校でほぼ義務的になっています。現在、国際語といえば英語でしょ」

そう言って彼女はわたしの顔をのぞき込み、「あなたは?」と訊ねる。そしてわたしが日本人と知ると日本文化を讃えはじめた。後部席の二人は完全に無視された格好である。

しばらく言葉がとぎれた後、

「暑いわね。窓開けて構いません?」

と彼女は許可を求めて運転席の窓硝子を少し下ろし、運転に専念する表情になったかと思うと、その愛らしい口もとから何かギリシャの民謡風の旋律が流れはじめた。

やがて車はアテネ市内に入った。夕方間近のせいもあって大変な車の数だ。なるほど、とわたしは出発前にパリで聞いたアテネの街の評判を思い起こしながら、混雑した道路、薄黒く煤けた建物をながめた。パリにくらべればたしかに汚い。しかし日本の都会の汚さに慣れている者には、べつに驚くほどのことではない。

オレンジ嬢は道路事情の悪さについてなげき、一方通行の道がやたらと多いので客の送迎にずいぶん時間を取られるという。それでも事情に通じた彼女は大した渋滞に巻き込まれることもなく街の中心部を脱け出し、スピードを上げた。

やがて指さす方をのぞくと、右手に岩山のようなものが見えた。

「アクロポリス」

言うまでもあるまい、といった口調でオレンジ嬢が呟く。あわてて外をのぞく。へえ、市内を走る車の中からでも見えるのかと、あっけなくて感激もうすい。だがこの分だと、われわれのホテルもアクロポリスの丘から遠くはなさそうだ。

車は大通りから折れ、ゆるい坂道を下った。やがて行手に、玄関のポーチの上に万国旗の立ち並ぶ大きな建物が見えて来た。

意外なことにオレンジ嬢はその前で車を停めた、おや、このホテルはAクラスではないのか。

するとわたしの胸中を察したかのように、

「ムッシウ・ヤマダ、あなたはここではありませんよ」

彼女はわたしに向かってそう念を押し、後ろを振り返って、

「さあ、着きました。アクロポリスの近くですからとてもいい場所です」

連れの二人はいぜん何も言わない。彼女は素早く車を下り、小走りにホテルの中に消え、すぐにまたボーイを伴って出て来た。ボーイが車のドアを開けると二人はやっと腰を上げた。

「よき旅《ボン・ボヴァイヤージュ》を」

下車する二人に向かってわたしは声をかけたが、聞こえなかったのか、二人は黙ったまま車を降りた。

オレンジ嬢はボーイが車のトランクから大きなスーツケースを二つ三つと取り出すのを手伝い、それが済むと二人連れに向かって「よき滞在を」と一言声をかけ、慌てて運転席に戻った。それからハンドルに手をかけるとわたしの方を向き、親しみのこもった微笑を浮かべてこう言ったのである。

「さあ、行きましょう」

「ええ、行きましょう」

釣られてわたしもそう応じた。さあ、行きましょうと言った彼女の声には、厄介払いをしてやっと二人きりになれて、さてこれからどこか楽しい所へ出かけましょう、といった親密なひびきがこもっているようだ。するとこちらも、これまでずっと後ろの二人連れに気兼ねしていたような気がしてきた。運転席に二人きりで並んで坐っているのもうれしく、こころの浮き立つわたしはついこう訊ねた。

「失礼ですが、あなたの名前は」

「エレーヌ」

「きれいな名前ですね」

と、そう口にしたが相手は表情も変えずにハンドルをさばいている。わたしは恥ずかしくなって黙り込んでしまった。

走り出してしばらくすると、エレーヌはオレンジ色の上っ張りのポケットから旅客リストのような紙片を取り出し、片手でハンドルを握りながらしばらくちらちらと眺めた後、こうたずねた。

「エコノミー・ホテル……どこかご存じ？」

「いいえ、全然」

知ってるはずないだろう。だが現地の旅行社の係員さえ知らないホテルとは一体、どんなホテルなのだろう。

エレーヌは道端の売店のそばで車を停め、慌てて下りて行ってたずねた後、アテネの交通事情の悪さをふたたび呪いつつ一方通行の多い市内をぐるぐると回った。次第にきびしさを増してくるエレーヌの横顔をうかがいながら、わたしは自分のせいのように「すみません」と何度も謝った。

とうとう彼女は通りのまんなかで車を停め、交通整理の巡査のもとへ駈けて行った。そしてもどって来るといままでとは反対の方角に道をとり、右に左に何度も曲がったあげくやっと目的地の前で車を停めた。

「やっと着きました」

エレーヌはおおげさに溜息をつき、笑いながら言った。そして運搬を手伝うほどの荷物がないので運転席を離れる必要はなく、坐ったままわたしの方に身をよじり、やさしい微笑を浮かべて手を差し出した。

「ありがとう、エレーヌ」

かすかに湿り気のある、柔らかな温かいその手をわたしは力をこめて握った。

「よき滞在を」

彼女はそれだけは忘れずに言うと、その場に佇んで見送るわたしの方は振り向きもせずに勢いよく車を発進させた。

エコノミー・ホテル

表通りから少し引っ込んだ、T字形に道の交わる角のところにホテルはあった。建て増しをしたらしい十階建の比較的新しい建物で、屋上近くにECONOMY HOTELと大きく看板が出ている。折角ギリシャに来てまで英語名のホテルとはなあと気落ちしながらホテルの前に目をやったとき、わたしは思わず心のうちで叫んだ。ああ、これはいかん。なんとそこは新築ビルの工事現場だった。旅行社でもらったクーポン券によると、わたしはアテネ滞在中、間にペロポネソス半島周遊の旅を挟んで、数日このホテルに泊まることになっていたのである。

わたしはホテルの玄関の前、狭い道をへだててそそり立つ赤褐色の鉄骨や木枠、道端に停められている黄色のコンクリート・ミキサーなどをあらためて見上げた。作業が終わっているいまは静まりかえっているものの、その静寂がなにやら不気味である。日中はさぞ騒がしかろう。わたしはひそかに溜息をついた。やっぱりCクラスはちがう。

だが、これは「Cクラス」のせいでも、旅行社のせいでもないのだ。たまたま工事の時期と重なっただけのことなのだ。

やがて冷静さを取り戻したわたしは、次のように考えた。工事中といっても作業は昼間だけだし、それに夕方はこんなに早く終わっている。わたしは昼間は外出しているはずだから騒音に悩まされることはあるまい。そうみずからを慰め気を取り直して、わたしはホテルの扉を押した。

ところがわたしにあてがわれた四階の部屋はなんと、その工事現場の真向かいだったのである。キリンの首のように高く伸びたクレーンが窓のすぐそばまで迫っている。これはたまらん。それでも夜間は静まりかえっているので、その夜は安眠できた。

翌朝早く、わたしは異様な物音に眠りを破られた。時計を見るとやっと六時になったばかりだ。外が妙に騒々しい。何事だろう。じっと耳をすますと、騒音の中にダンプカーなどに特有のエンジンの唸りがまじっている。そして道路を塞がれて苛立つ車の警笛。……

大変だ、もう工事が始っている。一体、これはどうしたことか。

ホテルはちょうど三叉路に面しているので、一旦停車した車が発進するエンジンの音がすごい、多少は覚悟していた。だが、朝、薄暗いうちから工事が始ろうとは。ああ、これだけは、わたしの暗い見通しのうちにも入っていなかったのである。

その後、徐々に判ってきたことだが、ここアテネの街では朝が早いのである。八時には店はみな開いている。銀行や会社も同様だ。しかし、ビルの工事が六時からとは、何といっても早すぎはしまいか。

そこで朝、ホテルを出るさい、フロントの支配人らしい男に、工事の音がやかましいから部屋を替えてもらえないかとたのんでみた。すると相手は「承知しました。わたしにお任せ下さい」と言う。その安請合いをあやしみながらも礼を言ってホテルを出た。

朝が早いのは観光業も例外ではなかった。われわれの観光バスは八時にホテルを出発するのだ。道路の渋滞がはじまらないうちに、そしてまた観光地が混まないうちに。しかし着いてみるとすでに他社のバスが二、三台は停車しているのだった。こうしてわたしはアクロポリスの丘のパルテノン神殿、アゴラの広場などの名所旧蹟を訪れたが、どこも人の波で、古代ギリシャ文明の史蹟を鑑賞するひまなどなかった。歴史博物館では、遺跡から発掘されたいちばん貴重な品々はロンドンの大英博物館に移されていると知ってがっかり。

こうして一日の観光に疲れきってホテルにもどってみると、実際にわたしの部屋は替わっていた。安請合いなどと疑ったことを内心あやまりながら、「ありがとう、こんどの部屋には満足です」と礼を言うと、支配人のおやじはやや芝居がかった神妙な表情で「いつでもご用を承わります」と応じた。

こんどの部屋は八階だった。

入口の厚い木の扉を開けると、狭いながらも控えの間があり、その右側が衣裳棚、左が浴室になっていた。入口の扉同様がっしりした木の扉がもうひとつあって、その奥が寝室。間取りは前の部屋とほぼ同じだった。

はじめて部屋に足を踏み入れた瞬間、その明るさに工事現場のことなど忘れ、わたしは思わず歓声を上げげた。さすがは光を誇るギリシャだ。フランスのホテルの暗さを思えば、わがエコノミー・ホテルは明るさの点だけでもAクラスに昇格する値打ちがある。滞在中、わたしは何度も胸の内でそう呟いたものである。

部屋は西向きで、その部分は厚い透明な一枚硝子の引き戸になっている。午後、シャッターとカーテンを開けると、部屋の中央を占める大きなダブルベッドの上にまで明るい光がどっと流れ込み、室内はさながらサンルームと化す。そのうえ、硝子戸の外には小さなテラスまで付いているので、風を厭うのでなければ日光浴もできる。とにかく日光が乏しく、したがってひどく貴重に思えるパリからやって来た身には、このふんだんな陽光だけでも豪勢なもてなしである。

「太陽がいっぱいで、とても嬉しい」

とフロントの支配人に礼を述べると、

「当方では太陽はただでございます」

と彼は笑った。

「天気は続くでしょうか」

「大丈夫。ご滞在中はきっと続きますとも」

「天気をきめるのもあなたですか」

するると、彼は太い声をさらに大きくして笑い出した。

ところで、エコノミー・ホテルのことを語るとき、広々とした部屋、あふれる陽光もさることながら、この好人物の支配人についてもう少し書いておかねばなるまい。

年のころおよそ六十、禿げ上がった大きな頭、せり出した腹、そして陽気な性格。支配人のおやじはこうした人物だった。もうひとり五十半ばの、飴色のふちの眼鏡をかけた口許の愛らしい小柄な女性がいて、交替でフロントに坐っていた。二人とも英仏独の三カ語が出来るようだった。

午後、昼食を終えて戻って来るとき、入口附近で、やはり外からもどって来たおやじの姿を見かけることがあった。上着を脱いで腕にかけ（太鼓腹の彼は、ベルトのかわりにズボン吊りをしていた）、昼食の酒と外の熱気とで日頃赤い顔をさらに上気させ、てかてか光る禿げ頭や、白いワイシャツの襟が喰い込む充血した首筋のあたりをしきりにハンカチで拭いながら、おかみと喋っていた。

ところで、最初わたしはこの二人を夫婦と思っていたが、実はそうではなかったのである。

　あるときおかみに絵葉書をくれと言うと、意外なことに「ありません」と答える。到着の翌日におやじから絵葉書は要らないかとすすめられたことがあったので、そのことを言うと、彼女は笑って説明してくれた。

「あの人は商売上手だから、外から持ち込むのですよ」

　この男は、いわば通いの勤め人だったのである。

　ヤマダの音がよほど口と舌にこころよいのか彼はわたしの名をすぐに覚えて、一日に何度かの挨拶の際には欠かさずそれを口にするのだった。たとえば朝なら、「おはようございます、ムッシウ・ヤマダ、ご機嫌いかがでございますか」といった工合に。

　当時、ホテルにはかなりの客が泊まっていたが、わたしの知るかぎり、おやじが客の名をいちいち言って挨拶するのを耳にしたことはほかに一度もなかった。どんな理由からにせよ、すぐに名を覚えてくれたことにわたしは好感を抱き、ホテルの出入りにはこちらからもすすんで挨拶をするよう心がけた。

　ところが彼の好意はますます募って行き、ついにわたしを当惑させるに至った。たとえば外出するわたしの姿を目ざとく見つけると、彼はフロントからロビーごしに、日本語に直すとすればこんな風に大声で叫ぶのだ。

「行ってらっしゃい、ムッシウ・ヤマダ！」

するとそう広くはないロビーにいるほかの客が一斉にわたしの方を眺める。

ある晩など帰って来ると、彼は半分消してあったロビーの電燈を全部つけ、煌々と照らして嬉しそうに大声で、

「ムッシウ・ヤマダのため特別に！」などと言うのだった。


二日目からわたしは団体観光はやめて「自由行動」をすることにきめた。朝は工事の騒音に妨げられることなくゆっくりと起き出し、朝食後一休みしてからホテルを出る。街へ出るのにタクシーを呼んでもらおうとしたが、支配人はタクシーなどとんでもない、バスで行くようにとつよくすすめ、道順をくわしく教えてくれた。さすがエコノミー・ホテルの支配人である。しかしバスはなかなか来ず、目的地に着いたのは早やひるにちかい。前日バスの窓からながめた国会議事堂のあるシンタグマ広場で下車、無名戦士の墓の衛兵交替の儀式を見物した後、日当りのいいベンチに坐ってぼんやりと時をすごす。アテネの街は車がやたらと多く警笛がやかましく空気もきたない。

早や部屋にもどりたくなって帰途につき、途中簡単に昼食をすませての早いご帰館となる。

部屋に入り、広いベッドに横たわる。ああ極楽、極楽。しばらく休んでから、ギリシャのガイド・ブックに少し目を通すが、昼食時の葡萄酒がきいて眠りの訪れは早く、明るい午後の光のなかでしばらくまどろむ。

目が覚めると陽はようやく西に傾いている。起き上がり、テラスの椅子に場所を移し、暮れはじめたまま時が停止したように何時までも明るさを失わない夕空を眺めたり、飛び交うつばめを目で追ったりしてぼんやりと時を過ごす。

向かいの建物の屋上に何か動くものがある。中年の女が洗濯物を取り片付けているのだ。女が建物の中に消えると同時に、急に暮色が深まったようだ。西の空を限る大小さまざまの白い建物も、いまはみな黒い影と化している。

やっとわたしは腰を上げ、二階の小さなロビーへ下りて行く。黒っぽい木のテーブルとベンチの置かれた薄暗い部屋に人の気配はない。他の宿泊客はまだ外からもどっていないらしい。片隅に設けられた小さなバーのカウンターにぼんやり坐っている下働きの太ったお婆さんに、わたしは遠慮がちに声をかける。

「こんばんは。ウーゾを一杯、おねがいします」

彼女はゆっくりと腰を上げ、片隅に設けられた小さな棚からウーゾの瓶を取っていったん奥の方へ消える。それからグラスに注いだ酒とフラスコに入った冷たい水を盆にのせて運んで来て、慈しむような微笑を口もとにうかべてわたしの前に置く。

「メルシー、マダム」

そう言ってわたしは代金にチップを加えて台のうえに置く。

彼女は微笑を絶やさずに黙って二度、三度うなずく。

ウーゾというのはギリシャ特産の透明な酒で、水で割ると白濁する。かすかに甘味のあるほろ苦い味がペルノあるいはアブサンに似ていて、この味をわたしはパリのギリシャ料理店で覚えたのだった。

そのウーゾをゆっくりと時間をかけて飲む。そして人恋しくなるとフロントで絵葉書を買い、日本の家族や友人に便りをしたためる。それからやっと夕食をとりにホテルを出るのだった。

足の向かう先は今夜もニュー・オリンピア。

ここはホテルのおやじに紹介された近くのレストランだった。歩いて十数分、大通りから少し入った横丁にあり、見栄えのしない店構えはなるほどエコノミークラスだわいと苦笑を禁じえなかったものだが、意外と店内は広く、蝶ネクタイをしめたボーイが老若あわせて五、六名働いていた。わたしが訪れる八時前というのはこの季節ではまだ宵の口で、独身のサラリーマン風の男が一人か二人、ひっそりと食事をとっているだけだった。

とくに味がいいわけではないが他に探すのが面倒なのと、庶民的な雰囲気が気楽なうえわりに安く葡萄酒が飲めるのでついここにきめたのだった。

この店のテーブルにはめずらしく、ケースに入った爪楊枝が置いてあった。昼と夜と一日に二度やってくる日本人の客をボーイ達はすぐに憶えてくれ、待っていたと言わんばかりに「いらっしゃい」と笑顔で挨拶して、黙っていてもフランス語のメニューを取ってくれるようになった。彼らはわたしがエコノミー・ホテルの客であることを知っているらしかった。

ある晩、魚のフライを注文しようとしてどんな魚かとたずねると、説明に窮した初老のボーイはいったん奥へ引っ込み、やがて大皿に大きな生の魚をのせて出て来た。見たことのない、頭の大きなグロテスクな格好の魚だった。「おいしいですよ」とすすめられそれを注文した。しばらくして運ばれて来た料理を見てわたしはたまげた。その怪魚が丸一尾、空揚げにされて大皿にでんとのっているのだ。食べはじめるとボーイが寄って来る。

「おいしいでしょう」

「ええ、とても」

だが食べきれたものでなく、結局半分残してしまった。ボーイが不審げな顔で見る。うまいものをなぜ残すのか。「おいしいけど多すぎる」と弁解すると、ボーイは持って帰るようすすめる。そして断るのを聞かずにさっさと新聞紙にくるんで持たせてくれた。

老ボーイの好意を無にするわけにもいかず、わたしはそれをホテルに持ち帰った。そして寝酒の肴に、冷めたくなった怪魚のフライの残骸をかじることになったのである。

こうしてわたしは徐々に、いやたちまちエコノミー・ホテルに馴染んでいった。Cクラスへのこだわりなどすっかり消え失せ、いまではこのホテルが気に入っていた。そして将来いつかまたアテネを訪れることがあるとしたら、このホテルに泊まることにしよう、そのときもあの好人物のおやじは名前を憶えていてくれて「ボンジュール、ムッシウ・ヤマダ」と迎えてくれるだろうか――こんな空想までするのだった。

三日の自由時間をこうして自由に過ごし、四日目の朝いよいよわたしは団体の一員としてこのツアーの目玉のひとつであるペロポネソス半島周遊の旅に出かけることになったのである。「行ってらっしゃい《ボン・ヴォワイヤージュ》、ムッシウ・ヤマダ」の声に送られて。

オリンピアの一夜

バスは小雨降るゆるやかな坂道を、曲がりくねりながら海辺に向かって下りていった。明かりを消した車内では、乗客はみな眠り込みでもしたように押し黙っている。その沈黙がふと気味わるくなって、わたしはそっと周囲を見回した。

七時半を過ぎてやっとたそがれはじめた窓外の牧草地の緑一面に、真紅のひなげしの花が雨に濡れて夢のなかのような鮮やかさで浮き出ている。その情景をわたしはなかばまどろみながらぼんやりと眺めていた。

疲れているのは肉体よりも精神の方だった。博識なガイドのマダムによって朝から晩まで詰めこまれる古代ギリシャの歴史と芸術の知識に、わたしのあわれなおつむはたちまち消化不良を起こしたらしかった。さまざまなことを学んだはずなのに、復習しようとすると何もなく、思考力が停止してしまったような奇妙な感じなのである。ペロポネソス戦争、アテネ、スパルタ、マケドニア、アレクサンドル大王、ペリクレス、古典時代、ヘレニズム、そして行く先々の美術館の陳列の数々、ミケーネ文明、クレタ文明……。どれもこれも、昔、中学の西洋史の時間に耳にしたはずの名前だ。しかしいまは昔の思い出にふけっているひまなどなく、フランス語による解説を懸命に追いかけねばならぬ。しかもギリシャ人の人名がすべてフランス語読みされ、たとえばホメロスがオメールとなったりして、ますますややこしくなるのだ。そのうちに、アテネを発って二日目にして早くも頭の中は大混乱、何が何やら解らなくなってしまっていた。

第一日目にわれわれが訪れたのは、アテネの西北約百七十キロ、アポロの神殿跡で有名なデルフォイ（これもフランス語ではデルフ）だった。芸術をつかさどる女神のすみかと見なされたパルナソス山の山腹、「天と地の間に吊された」デルフォイ。巫女ピュティアがアポロの神託を告げたという神殿の跡の礎石と円柱を前にして、われわれわれは神妙に女性ガイドの話に耳を傾けた。

帷で仕切られた神託の間に坐る半狂乱の巫女が運勢などについての質問を受けると、支離滅裂な文句を口にする。それを控えの間の僧侶が解釈して質問者に取り次ぐ。巫女は神の霊媒なのである。

「この霊媒の状態は、ある種の薬草によってひきおこされたそうですが、もしかしたら、一種のヒステリーだったのかも知れません」

わたしが従いて行けたのはこの辺りまでだった。デルフォイで一泊して翌朝早く目を覚ましたとき、頭の中は空模様同然、かすみがかかったように薄暗く、そのなかに髪を振り乱し訳のわからぬことをわめき散らすヒステリー女の姿のみが、妙に鮮明に浮かんでいるのだった。これではいかん。わたしはバスに乗りながら思った。次はオリンピア。馴染みのある地名だ。今度こそは、もっとすばらしいものが見られるにちがいない。

オリンピアの一日は美術館見学から始まった。混まないうちにと開館と同時に入場したはずなのに、館内にはすでに何組もの団体がいて、英語やドイツ語のガイドの声がひびいていた。解説がひとつ終わって移動するたびにざわめきが高まる。たまりかねたわれわれのガイドがこわい顔をして「シーッ！」とたしなめた。

かなりの年配のこの婦人には、ほかのガイドにはない威厳がそなわっていた。この厳しい態度は、ひとり遅れて陳列品の前に佇むわたしにたいしても向けられるのだ。唯一の日本人であるから目立って逃げ隠れできない。そもそも、有名な陳列品の前を占領する団体客の巨軀に押しつぶされそうで、ゆっくり鑑賞などしておられないのである。一行からはぐれないよう、きょろきょろ見回しながら従いていくだけでもう精一杯だ。

鑑賞は絵葉書ですますことにして、よさそうなのを手当り次第買った。後で調べてみると、その美術館には陳列されていないものが混じっていた。

午後はゼウスの神殿跡の見物である。しかし、こうつぎつぎと見せられたのでは、ただ似たような古ぼけた大理石の円柱が立っているだけで何の有難味も感じられない。

「おもしろいですか」

一行のうちの老紳士におそるおそるたずねてみると、

「すごい、とてもすばらしい！」

という言葉が返って来た。その大袈裟な口ぶりが何やらうさん臭い。

もうこのころになると、ガイドの説明に耳を傾けたりうなずいて見せたりする根気も失せ、おのれの知的好奇心の無さを嘆くことさえ忘れて、ただ浮かぬ顔してしんがりから従いて行くばかりだった。

窓の外には依然、ひなげしの咲き乱れる野の、夢の中のような景色がつづいている。ところどころ混じる黄色い花、あれはうまごやしだろうか。疲れたこころには、そのひなびた野の景色が滲み入るようにこころよい。

頭の中では時間の順序が乱れてしまい、ついさっき見物したオリンピアの遺跡と前日のデルフォイのそれとが混じり合っていた。かろうじてまだ記憶に残っているのは古代オリンピック競技の行われたスタジアムの跡の、雑草に覆われた空間だけだった。

「当時は素っ裸で競技をしたので、性の転換などの不正行為は不可能でした」

そんなガイドの文句を反芻していると、素っ裸というけれどサポーターもしていなかったのだろうか、といった素っ頓狂な問が突如浮かんで来た。もうわれながら愛想がつきる。「わたしは無知である。しかし自分が無知であることだけは知っている」――ソクラテスは何とエライ男であったのだろう。その含蓄深い文句に限りない共感を覚えつつ、これこそ今回の旅の唯一の貴重な収穫だと自分に言い聞かせると、多少気が楽になって来るように思えてきた。

坂を下りきってなおしばらく走ると、バスは道端の、万国旗に飾られたアーチ状の門をくぐって広い敷地に入った。入口に「シーサイド・ホテル」と英語の看板が出ている。ギリシャでは観光客用のホテルはみなこうなのか。プラタナスの木立の間を伸びる砂地の道、そこをさらに走ると、色とりどりの旗の垂れた白い旗竿がふたたび現れた。その後方に、五階建の近代的な建物が見えた。建物のすぐ裏、雨に煙る夕空の下、鉛色にかすんでひろがっているのはイオニア海のはずである。

いや、これはすばらしい。ここはどう見てもAクラスだ。しめたとわたしは考えた。今夜はCクラスの客も一緒にここに泊まることになっているらしいぞ。

ペロポネソス半島周遊の間、われわれおよそ二十名の団体はガイドの統率の下、つねに行動を共にすることを求められていたが、宿泊の場合だけは別だった。昼間の見物が終わってバスに戻って来るとガイドのマダムがつぎのように言う。「皆さん、これからホテルへ向かいます。誰々さんと誰々さんは何々ホテルですから、先に降りて下さい」と。

この先に降りる誰々さんのうちに含まれているわたしは、ほかのCクラスの客とともに別のホテルに泊まることになる。ところで一行二十名のうち、わたしの仲間となるべき客は二人きりで、そのいずれもが一人旅の女性なのだった。

だがこうした宿の区別も、アテネを離れること三百数十キロの僻地では容易でないらしかった。

オリンピアの遺跡附近にはホテルがいくつもある。しかしみなBかCクラスで、Aクラスのホテルはオリンピアからバスでおよそ一時間下ったこの海辺にしかない。そこでバスの便宜を考えて、今晩だけは全員をAクラスのホテルに泊める。――多分、以上のような事情によるものらしかった。

外見から想像したとおり豪華なホテルだった。故意に照明をおとした広いロビー、その奥にのぞくバーの入口、出迎えに並んだ制服姿のボーイ。一階の食堂の窓からはすぐ近くに海が見えた。芝生の庭のわきにプールまである。ただし水はまだ張ってなかった。すぐ前の浜はホテル専用で仕切りで囲われてあり、夏にはホテルから水着のまま直接海へ入れる仕組みになっている。だがそれは二、三カ月先のことで、いまはまだシーズン・オフの閑散とした、どこか空家のような雰囲気が建物全体にただよっていた。それにあいにくのこの雨では、折角のギリシャの海の眺めも台なしである。

晴れた日の海の夕景色を思い描きながら、わたしはしばらく窓ごしに灰色の海面を眺めていた。

この豪華なホテルにも、しかし不審な点がいくつかあった。

ドイツ語、英語は通じるのに、フランス語が通じない。Cクラスのエコノミー・ホテルでも通じたのに。まあそれは我慢するとして、数多くいるボーイをはじめ従業員の態度が妙によそよそしいのである。ははあ、これがAクラスのホテルの感じだな、わたしは早や観念したのだが、後に生じた出来事を考え合わせると、入口を飾る万国旗の賑々しさとは裏腹に、夏向きのこの海辺のホテルはまだ「準備中」というか開店休業の状態にあったのである。

時間がおそいので、各自部屋へ上がって一休みする前に夕食を済ませることになった。

小雨に煙る夕暮の海に面した一階の食堂には、すでに先着の別の団体が席に着いていた。酒がまわっているらしく、大声で喋ったり笑ったりしている。言葉はドイツ語のようで、ボーイたちとも話が通じるせいか、のびのびと振舞っているように見える。遅れて来た者の目には、いくぶん傍若無人にさえ映る。

団体旅行に参加しはしたものの、こうして全員が食事を共にするのはこれが初めてである。何となく気づまりを覚え、これまでのようにCクラスの三人が一つのテーブルを囲んでひっそりと食べる、あの親密な雰囲気を懐かしみながら仲間の二人の女性を探した。ところが彼女たちはわたしのことなど忘れてしまったように、さっさと他の客のテーブルに席を見つけ、うまく溶け込んでいるようだ。

仕方なく、テーブルにひとつ空いている席を探し出し、「構いませんか」と許しを求めると、人々は愛想よく「どうぞ、どうぞ」と迎えてくれる。そこでまだ口も利いたことのない人達の間に窮屈な思いで腰をかけ、黙々と食事をすませた。

食事の終わるころ、ガイドが翌朝の出発時間を八時半と告げた後、ホテルへの気遣いからか次のように付け加えた。

「皆さん、ここにはすばらしいディスコがありますよ。食後どうぞお楽しみ下さい。ただし……ただし明朝起きられる方だけ」

たしかにもう十時をまわっていた。高齢者の多い一行のなかに、これから踊ろうというものもいないだろう。バーをのぞいて見る気にもなれず、食卓を離れるとそのまま自分の部屋へ上がった。

当てがわれた部屋は四階で、海でなく表の道路に面していた。わたしは明かりを全部つけて室内を点検した。広々とした部屋にツインのベッド。大きな硝子の引き戸を開けるとベランダに出られるようになっている。見晴らしはよくない。白ペンキで塗られた小卓と椅子が雨に濡れていた。

浴室には、シャワーのほか大きな浴槽が備わっていた。便器のわきにはビデもある。はやく風呂につかって疲れを癒やそうと考え、浴槽の「ホット」の栓を回そうとした。固い。力一杯捻るがびくともしない。諦めて「コールド」の方を試してみると、これも固くはあるがやっと回って、猛烈な勢いで水が出はじめた。錆で赤い。止めようとすると今度は元へ戻らない。水はおそろしい音を立てて噴出している。早く止めなければ、と焦ったはずみに誤って別の栓を捻ったらしい。突如、頭上の思わぬ方向から水が降りかかって来た。シャワーだ。上半身ずぶ濡れになりながらあわてて栓を締めた。

その間、浴槽の水はどどどど、とすごい音を立てて出つづけている。排水口は開いているので溢れる心配はない。ただ気がかりなのは地響きのような水の音だ。この部屋だけでなく隔壁を震動させ、隣室にまで伝わっているにちがいない。

わたしはあわてて寝室へ戻り、枕元の電話でフロントを呼び出した。

「水が止まらない、バスルームの」

と慣れぬ英語で要点だけを伝えた。

「イエース」

間のびした声が応じ、つぎに部屋の番号をたずねた。

「スリー・ハンドレッド……」

そこでちょっとつまると、相手がすぐ続けて、

「スリー・ハンドレッド・サーティ・エイト？」

と部屋の番号を正確に言うのだ。

「イエス、イエス、すぐ来てくれ」

とどなるように言うと、

「イエース、すぐ見に行く」

相変わらず悠長な口調で答えて電話は切れた。

浴室の扉を閉めてもなお、どどど、と、まるで滝壺のそばにいるように水音のとどろく寝室の中を、わたしは落ち着きなく行ったり来たりしながら待った。「すぐ見

に行く」の「すぐ」が五分を過ぎ、十分をすぎたころやっと、少し開けておいた入口の扉を黙って押して誰か入って来た。見ると若いメイド風の女性だ。水道用の工具を持った男が現れるものと思い込んでいたのだ。こんな小娘で役に立つだろうか。

彼女は黙って浴室をのぞき、「あれ、まあ」と多分ギリシャ語でそういった意味の言葉を発すると、また一言の挨拶もなしに出て行った。

しばらく待っていると今度は別の、さきのより年のいった女がやって来てちょっと浴室をのぞき、一言も謝ることなく無愛想な口調で部屋を変えると告げた。

わたしはあわてて身の回りの品を片付け、女について部屋を出た。

移された部屋は同じ階の、廊下のはずれの三一一号室だった。なかに入り室内を見回したとき、荷物台の上に置かれたスーツケースが目についた。不審に思い、案内の女に、あれは何かとたずねると、何でもないと答える。

何でもない、とはどういうことなのか。

ふと不安になってあらためて部屋の様子を調べてみると、二つあるベッドのうちの一つが乱れているではないか。あきらかに誰かが使用した跡である。あの荷物と合わせて考えると、この部屋には誰か入っているのはあきらかだ。相部屋なのか。

「見てごらん《ルック》」
そう言いながらわたしは乱れたベッドを指でさし示した。すると、さすがに今度は彼女もあわてて、電話でフロントを呼び出し、激しい口調でなにか喋りはじめた。そして電話がおわると、何も言わずに出て行ってしまった。わたしは唖然として部屋の中央に立ちつくしていた。もうこうなればじたばたしても仕方がない。とにかくベッドのひとつは新しいのだから、今夜眠ることはできる。楽しみにしていた風呂の方はあきらめ、まずはベッドに身を横たえて何か連絡のあるのを待つことにした。

だが部屋の片隅の台に置かれた誰のものとも知れぬ茶色のスーツケースが気になって仕方がない。勝手に他人の部屋に入ったような落ち着かなさである。やはり今夜は相部屋なのだ。相棒はどんな男だろう。夜更けて何も知らずに戻って来て、隣のベッドに誰かが寝ているのに気づいたとき、どんなに驚くことだろう。

夕方までは小降りだった雨が激しさをましてきたらしい。耳をすますとベランダを叩く雨の音が聞こえた。そのうち雷まで鳴りはじめた。夕立だ。今夜のうち降るだけ降って明日上がればよい。

枕元のスタンド以外は明かりは全部消し、パリの空港の免税店で買って持ち回っているウィスキーの瓶を取り出し、ベッドで睡眠剤がわりに飲みはじめた。雷はかなり近くで鳴っている。ペロポネソス半島の雷、と思うと愉快になってきた。オリンピアの雷鳴。ゼウスの怒り。何にたいする？　われわれ観光客にたいする？……。

突然、枕元の電話が鳴った。フロントからだろうと急いで受話器を取り、耳に当て「ハロー」と応じると、

「あんた、三一一号室にいるのか」

と嗄れ声の、ひどいブロークンな英語で言う。「イエス」と答えると電話はぷつりと切れた。

誰だろう。フロントからではない。時計を見るとすでに十二時にちかい。何だろう。気味が悪くなって来た。

まどろみかけていたのがこの電話で醒めてしまった。雷の音も邪魔になって寝つけそうにない。前の部屋の浴室の水はその後どうなっているか。どどどどという滝のような水音で、隣室の人は眠れずにいるのではないか。

そのとき、急に外の廊下で男の声がした。二、三人いるらしい。下のバーから引き揚げて来た連中だろうか。かなり高い声だ。と、そのとき、雷が一段と激しく鳴った

かと思うと、明かりが消えた。廊下の人声は一瞬静まった後、また高くなり、近づいて来る。そしてわたしの部屋の前まで来て止んだ。それから今度は、何事かひそひそと相談しているようだ。

暗闇の中でわたしは身を起こした。同時に、小さくドアを叩く音が聞こえた。黙っていると、今度は強く叩いた。

「イエス」

そう応じて手探りで戸口へ向かった。

「どなた？」

「わたしの鞄《マイ・バッグ》」

おそるおそるドアを開けた。ライターの火が、禿げた頭とのっぺりした顔を赤く照らし出していた。背後に、連れらしいのが二人立っているのが見えた。

男は断りもなく部屋に入って来ると、ライターの光でスーツケースを探し、手に提げると、最後にやっと一言「イクスキューズ・ミー」と言って出て行った。わたしは急いでドアを閉めた。

あっという間の出来事だった。事情が呑み込めぬまま、手探りでベッドに戻り横になった。

とにかくこれで一件落着。やれやれ、やっと眠れる。わたしは暗闇のなかで目を閉じ、その「一件」のことを考えているうちに何時しか眠りにおちた。

どれほど経ってからだろう。わたしはふたたびドアを叩く音に目を醒された。しばらく前から叩きつづけているらしい苛立ったような叩き方だ。一瞬、何が生じたのかわからず、上半身を起こしたままぼんやりしていた。

スタンドのスイッチを手探りで見つけて押してみたが明かりはつかなかった。停電中であることを思い出し、それと同時に記憶がよみがえって来た。あの男が舞い戻ったのか。

「イエス」と返事をしてそろそろとベッドをおり、暗闇の中を戸口へ進みはじめた。するとそのとき、ドアの向こうに女の声が聞こえた。一瞬耳を疑った。いや、確かに女の声だった。懐中電灯でも持って来てくれたのか。いまごろ？　方々の部屋をまわっていてわたしのところは一番最後になったのだろう。とっさにそう考えたわたしは勢いよく扉を開けた。

その途端、黒い人影がぶつかるように抱き付いてきた。一瞬、息が止まった。それ

からやっとわたしは、

「ノウ、ノウ、ちがう！」

とさけんだ。「ちがう」のところは日本語で言ったようだ。

わたしの悲鳴じみた声に相手も驚き慌て、「おお！」鋭い呼吸音のような声を発するとさっと身を退き、廊下の暗闇のなかに消えた。顔も、体つきも、年齢さえ判らなかった。ただ重たい肉体の感触だけが残った。

わたしは急いで扉を閉めた。

一体何者か。ホテルのメイドでないのなら、先ほど鞄を取りに戻ったあの男がまだこの部屋にいると思ってやって来た女なのだろうか。これは一体なにごとか。

ベッドに横たわって目を閉じ、一連の奇怪な出来事を筋道たてて考えてみようとしたが、いっこうに前に進まない。たしかにわたしは気が動顚していた。だが何よりも真暗闇のなかのことなので、全体がのっぺりとしてつかみどころがないのだ。ライターの火に赤く照らされた男のおぼろげな姿、抱きつかれて発した自分の悲鳴、そして女の「おお！」の叫び……本当にそんなことがあったのか。そのうちどうしようもないおかしさがこみ上げてきて、わたしはベッドのなかで声を忍ばせて笑った。

翌朝七時ごろに目を醒ましたとき、予想どおり停電はまだ直っていなかった。カーテンを開けると、鈍い朝の光が入って来た。その光によってわたしは、褐色のスーツケースが無くなっていること、隣のベッドが乱れたままであることを確かめた。だがそれ以外は古い夢のような遠い、あやふやな記憶しか残っていないのだった。

外に目をやると、雨は小降りながらも降り続いていた。雨に洗われたベランダの、小さな円卓や椅子が妙に白っぽく、そして寒そうに見える。事実、肌寒かった。わたしはセーターを取り出して上着の下に着込んだ。暗い浴室に入り、顔を洗おうと栓を捻った。水が出ない。断水だ。多分、停電によって給水装置が故障したのだろう。

とにかくフロントに電話してみた。

「イエース」

例の間のびした声だった。

「ワン・ミニュット」

と言って電話は切れた。ワン・ミニュットにはもう懲りている。だがこのまま薄暗い部屋にじっとしていても始らないので、様子を見に廊下に出てみた。

向かいの部屋の扉が開いていて、中で人の声がしている。のぞくと、顔見知りの旅仲間だった。

「ボンジュール」と挨拶し「失礼しますが、水は出ますか」とたずねると、

「いいや。電話したら、直ぐ出ると言ったが、もう三十分経っていますよ」

と苛立つ様子もなく、のんびりと笑っている。日ごろからこうした不便には慣れているのだ。これが日本人団体客ならどうなっているだろう。わたしはおのれのせっかちさが恥ずかしくなった。一度くらい顔が洗えなくてもいいではないか。そう思うと「ワン・ミニュット」と答えた電話の声を含め、なにもかもがユーモラスに思えて来た。

停電の上に断水、これでは食事の支度も出来ていまいと半ば諦めて階下へ降りて行くと、薄暗い食堂ではすでにかなりの数の客がテーブルについて、何事もなかったようににこやかに朝食をとっていた。それにくらべ、コーヒーを注いでまわるボーイ達の表情の無愛想なこと。

旅のなかでは小さな事故が人々を近づけ、互いに親しくさせる。わたしは前日の夕食のときの気詰りを忘れ、食卓仲間と気軽に朝の挨拶を交わした。

「すばらしいホテルですね。プールはある、バーはある、ディスコもある。しかし、

水がない」

調子にのってそう言うと皆は大きくうなずいて笑った。

食事の最中に給仕頭がわれわれの席へやって来て、フランス語で「水が来ました」と告げた。小さな歓声、安堵の声が上がった。そのざわめきを制するように一人の陽気な中年男が、フランスの国歌「ラ・マルセイエーズ」の歌詞の最初の「栄光の日は来れり」にかけて、そのメロディで「水は来れり」とやって一同の笑いを誘った。

そこへガイドのマダムが姿を現した。

「皆さん、おはようございます」

彼女はにこやかに、少し抑えた声で言った。

「もう水は出ます。それで、出発時間を十五分遅らせることにします。男性の方が髭を剃りたいと言っておられますので」

言い終わって、彼女はちょっといたずらっぽい顔をして見せた。

方々で慌ただしく席を立つものが現れた。わたしも食事を終えるとすぐに部屋へ上がった。髭のためでなく、洗面と排便のためである。途中、ふと例の三三八号室のことを思い出した。断水のおかげで風呂の水が止まってよかった。しかし、いまはまた出はじめているのではなかろうか。三階の廊下を歩きながら聞き耳を立てたが、それらしい音は聞こえて来なかった。

小雨が降りつづいていた。鉛色の雲の低く垂れた空には、早急な天気回復の兆しは認められない。広いフロントグラスを擦るワイパーの動きが妙に悠長に映る。それを見ていると、ふとまどろみそうになる。

バスは沈黙を乗せて、ペロポネソス半島の田舎道を走っていた。運転席のよこに、ガイドのマダムの丸い背中と赤茶に染めた髪が見えている。彼女も黙り込んでタバコを喫っていた。

さてここで、これまで「ガイドのマダム」と呼んで来た女性を紹介しておこう。

「皆さん、どうぞわたしをシモーヌと呼んで下さい」

アテネを発つとき、彼女はそのように自己紹介を行ったのだった。姓は知らない。しかし日本人であるわたしは、このおそらくは六十を過ぎた老婦人をなれなれしく「シモーヌ」と呼びすてにすることに抵抗を覚える。したがって以下「シモーヌ女史」と呼ぶことにしよう。

その後、人柄を知るにつれ、わたしはこの婦人に畏敬の念を抱きはじめていた。考古学にかんする該博な知識（彼女はギリシャ各地の遺跡の発掘に何度も参加したそうだ）、遺跡や美術館での説明の巧みさ、全員の統率。……ガイドというよりプロフェッサーと呼びたくなる。そのうえ客の苦情の処理までしなければならない。しかし彼女は口もとに微笑を絶やすことなく、いつもきびきびと振る舞っていた。

オリンピアのホテルを発ってからずっとシモーヌ女史の沈黙がつづいていた。いつもなら、その日の日程の説明が行われているころである。

三十分ほど走ったころ、ようやく彼女はマイクを手にして立ち上がった。

「皆さん、おはようございます」

彼女はあらためて朝の挨拶をし、一息ついてから感情を抑えた静かな声でゆっくりと喋りはじめた。

「わたしは知っています。何もかも知っています。……停電のこと、断水のこと、部屋の設備に一部欠陥があったこと、従業員のサービスの不足、ぜーんぶ知っています」

ここで間を置き、微笑を浮かべて車内を見回した。全部知っているって？　三三一号室での深夜のドラマ、あれを知っているはずはない。そうわたしが胸のうちでつぶやく間もシモーヌ女史の話はつづく。

「どうか、お気づきの点を書いて送って下さい。あのホテルは、もともと少し問題のあるホテルなのです。しかしそのことはわたしの口からは言えないのです。どうか皆さんから言って下さい。パリの会社ではだめです。アテネの会社に言って下さい。皆さんがあのホテルにふたたび泊まる機会は、もうないかも知れません。しかし……」

と、一旦言葉をとぎらせてあらためて一同の注意を集め、

「しかし、皆さんのお友達、皆さんのお国の方々がもう少しいいサービスを得られるよう、もう少し楽しい滞在ができるよう、どうかお気づきの点を率直に言って下さい。わたしに、ではありませんよ」

そう念を押したところを見ると、苦情の殺到にうんざりしているのかも知れない。

それから彼女はアテネ市内にある旅行社のギリシャ営業所の宛名と、担当係員の名前をゆっくりと繰り返して言った。しかしわたしのまわりにはそれをメモしている者はいないようだった。

それが済むと彼女は気分転換をはかるようにしばらく黙り込み、今度は少し声を高

めて喋りはじめた。

「さて、皆さん、わたしたちはこれから古代コリントスの遺跡に向かいますが、歴史的な解説は皆さんのおめめがはっきり醒めてからすることにして、少し音楽はいかが？」

するとバ々で「賛成《ウィ》！」の声が上がった。また朝からお勉強かと観念していたわたしは、この「音楽」の提案に一ぺんに目が醒める思いだった。シモーヌ女史のこまやかな心遣いに、わたしは心のなかで拍手した。

彼女が運転手に何かささやくと、彼はうなずいてカセットをセットした。

ブズーキの硬く弾けるような弦の音とともに、どこか東洋風の節まわしをもつギリシャの旋律が流れ出した。聞き覚えのある曲だ。旅の疲れ、事故の後の苛立ち、そんな中で耳にする音楽の効果がこれほど強烈なものだとは知らなかった。生理的といっていい快感だった。心と体が柔かくほぐれると同時に気力が全身に漲ってくる。蘇生感。

曲はつぎつぎと変わってゆき、何曲目かで映画「日曜はダメよ」の主題曲になった。するとバスの中のあちこちで、その旋律を口ずさむ声が聞こえはじめた。それは最初は遠慮がちに、やがて次第に拡がって大きくなり、自然に二部のハミング・コーラスとなった。フランス語の歌詞で歌っているものもいた。シモーヌ女史の口も動いている。きっとギリシャ語で歌っているのだろう。ふと、昔見たこの映画の主演女優メリナ・メルクーリのしわがれ声を思い浮かべた。気がつくと、わたしも皆と一緒にこの古い曲を口ずさんでいた。通路を隔てた座席で、一行中一番若いオデット(彼女はこのツアーには途中参加だった)も口を動かしている。目が合うと頬笑みかけてきた。

音楽によって徐々に目醒めてゆく幸せな一行を乗せて、バスは小雨に濡れたひなげしの咲き乱れる野をコリントスへ向けて走りつづけた。

ナフプリオン

バスの中で聞いた音楽がとてもよかったので旅の記念にしたいと思い、コリントスで下車する際、シモーヌ女史に――いや、やはり女史は固すぎるので今後はシモーヌさんとよぶことにしよう――カセットの表題を教えてほしいと頼んだ。すると彼女は自分には判らないからと、運転手にたずねてからこう返事した。

「あれはバス会社の方で選曲して録音したもので、特定の表題はついてないそうですよ」

「そうですか。でも曲はテオドラキスでしたか」

「さあ……。ほかの作曲家、たとえばハジダキスのものも混じっていたと思います」

そう教えてくれてからわたしの顔を見つめ、

「テオドラキスがお好き？」

「ええ、大好きです。パリで聞いたことがあります」

「そうですか。……テオドラキスは偉大な作曲家です。いまは政治をやっていて、残念ながら彼の立場はわれわれのとは違っています。でも、音楽家としての優れた才能は誰しも認めぬわけにいきません」

「そうですね」

やっぱりコワイひとだ、とわたしは身の縮む思いでそう応じた。

「テオドラキスの音楽なら、簡単に手に入りますよ。レコードでもカセットでも。今夜泊まるナフプリオンにわたしの知っている店があるので案内してあげましょう」

「ご親切にありがとう」

こんなやり取りがあった後、彼女は話を変えてこうたずねた。

「あなたはどこの国の方ですか」

「日本人です。現在はパリに住んでいますが」

するとと彼女はあらためてわたしの顔を見つめ、

「そう、日本人ですか。チベット人かと思っていた」

と妙なことを言ったのである。

チベット人に会ったことがないので何とも言えないが、わたしの容貌のどこかにそう思わせるところでもあったのだろうか。

十数年前、はじめてフランスに行ったころはよくベトナム人、カンボジア人、まれに中国人と間違えられたものだ。しかしチベット人とは？　シモーヌさんに訊いておけばよかった。

ガイドとわたしの立ち話のなかにテオドラキスの名が出るのを、オデットは小耳に挟んでいたにちがいない。彼女はCクラス仲間の一人で、パリ大学の学生だった。

古代コリントスの遺跡の見物を終えてバスへ戻る途中、そのオデットが話しかけてきた。

「ムッシウ・ヤマダ、ギリシャ音楽が好きですか」

「ええ。あまり知らないけど、テオドラキスなんか好きです」

「カセットを買うのなら、アテネに帰ってからの方がいいですよ。値切れます。二十パーセントもまけてくれるんだから」

「知らなかった」

そう答えながらわたしは、アテネの街のあちこちで見かけた風景を思い出していた。リアカーのような車に音楽のカセットケースを満載して、大きな音で鳴らしている商人たち。弾けるようなブズーキの弦の音。ブズーキというのはトルコ起源のマンドリンに似た、ギリシャ音楽には欠かせぬ弦楽器である。

ところでテオドラキスだのブズーキだのと言っているが、わたしはギリシャ音楽に詳しいわけではない。何年か前、NHKラジオのFM放送の番組に蘆原英了の解説で「午後のシャンソン」というのがあり、たまたまそこで聞いたメリナ・メルクーリの歌う「異国の女」という曲がきっかけだった。これは軍事独裁政権に反対して亡命した自分のことを歌ったものだった。その後テオドラキス、ハジダキスを知るにつれますますギリシャの歌が好きになったのだった。

わたしはまた、テオドラキスの『抵抗の日記』という訳書も読んでいた。オデットの助言にもかかわらず、わたしはやはりコリントス土産として、シモーヌさんが紹介してくれる店で買うことにきめた。

コリントスで昼食をとった後われわれは南下して、アルゴリコス湾の奥にあるナフプリオンに向かった。バスでおよそ三時間、朝からの時間を合わせると約八時間走ったことになる。天気は昼ごろから急に回復しはじめ、夕方近くナフプリオンに着いたころには空は雲ひとつなく晴れ上がっていた。

ナフプリオンは人口一万足らずの小さな港町である。バスは町に入ったかと思うともう中心部にさしかかっていた。

ガイドのシモーヌさんがマイクを口にもっていく。

「さあ、着きました。今晩はまたホテルが二つに分かれます。まずバスはシーサイド・ホテルに寄ります。オデットとムッシウ・ヤマダはこのホテルです。残りの方はアンフィトリオン・ホテルです」

あれ、またシーサイド・ホテルか。だがこんどのはCクラスらしいぞと考えていると、

「ムッシウ・ヤマダがカセットを買いたいと言っているので後でその店に案内しますが、ほかにも希望の方があればどうぞ一緒に来て下さい」

突然、自分の名が出てきたのでわたしはあわてた。

ガイドの話のなかにひとつ不審な点があった。オリンピアまでは三人だったCクラスの客が一人減って、オデットとわたしの二人だけになっているのである。

カセットの店にはオデットも行きたいというので、バスはわれわれのホテルには寄らずにアンフィトリオン・ホテルへ直行することになった。近くなので、カセットの店に行きたい者（ほかに数名いた）はそこから歩いて行けばよいのだ。

シモーヌさんと並んで先頭を行きながら、わたしは先ほど彼女がテオドラキスについて口にした文句――自分たちは彼とは立場を異にすると述べたそのことを考えていた。

テオドラキスは一九二五年生まれ、音楽家であると同時に、メリナ・メルクーリらとともに一九六七年のパパドプロスによる軍事独裁政権樹立に反対して投獄された後国外に逃れ、独裁政権が倒された後帰国して、以後も政治活動を続けている自由の闘士でもある。すると、それに反対のシモーヌさんの立場というのは、どういうことになるのか。まさか軍事独裁に賛成というのではなく、たんに観光事業の立場から、社会の秩序と平穏を欲するというだけのことだろうか。

われわれの案内された店は、この小さな港町の盛り場に並ぶ土産物店のひとつだった。店ではレコードやカセットのほかに皮製品やこまごました装飾品、絵葉書などを売っていた。われわれが入って行くと、歓迎の意を表するかのように店内にギリシャ音楽が鳴りひびきはじめた。

シモーヌさんはレジのそばのカセット売場へわたしを連れて行き、主人と握手をしながら来店の目的を述べているらしかった。それからわたしの方を向き、

「テオドラキスが欲しいんですね」

と念を押し、またギリシャ語で主人に何か言った。主人は黙って背後の棚に積んであるカセットのうちからてきぱきと二つ、三つ選び出してくれた。

「『日曜はダメよ』が入っているでしょうか」

とたずねると、シモーヌさんが質問を取り次いでくれた。主人はむっつりした表情で首を横に振り、何ごとか呟いた。

「それはテオドラキスでなくハジダキス。『日曜はダメよ』が欲しいの？」

「ええ、歌詞の入っているのが欲しいんですが」

それをシモーヌさんが通訳すると、主人は今度はわたしに向かって直接に、

「メリナ？」とたずねる。

「そう、メリナ・メルクーリ」

話が通じたのが嬉しく、わたしは勢いこんで答えた。主人は相変わらずむっつりした表情でうなずき、手を伸ばして取ってくれた。そばからシモーヌさんが説明してくれる。フランスでも「日曜はダメよ」となっているこの歌の曲名は、ギリシャでは「ピレウス育ち」となっているらしい。たしかに映画「日曜はダメよ」の舞台はアテネの近くの港町ピレウスである。

そのほかテオドラキス、ハジダキスのカセットが手に入り大満足のわたしは、その気持を声にこめて礼を述べた。しかし、店の主人はにこりともせず、ただ軽くうなずくのみだった。ところでこの無愛想な中年男の態度、とくにその風貌は非常に印象ぶかく、そこで買ったギリシャ音楽とともにこの旅の忘れ難い思い出のひとつとなったのである。

骨太のがっしりした大柄な体。その体同様がっしりした、中高の青白い顔。わずか

に吊り上がった黒々とした太い眉毛。厳しい表情の眼――店の主人はこのような男だった。そしてどこか古武士をしのばせるその厳しい表情は、客の相手をする際にもゆるめられることはなかった。

その顔を一目見たとき、どこかで見た顔だという気がして記憶をたぐっていくと、うかんできたのはテオドラキスの容貌だった。わたしは一カ月半ほど前、パリのプレイエル・ホールで彼の姿を見たばかりだったのである。

「キプロス支援音楽会」と銘打たれたこの催しは普通の音楽会でなく、トルコの侵略からキプロスを守るための政治的キャンペーンの色彩の濃いものだった。彼は大柄な体を、中国の人民服を思わせる黒の詰襟の上下服に包んで舞台に現れた。もじゃもじゃの黒い髪毛、青白い、すこしむくんだように見える大きな顔、そして全く無愛想な表情。いまこの小さな港町の土産物店の主人の風貌を目にしたとき、わたしの脳裡に以上のようなテオドラキスの姿がよみがえってきたのだった。

店を出て、シモーヌさんとほかの仲間に挨拶をしてからオデットと二人、海岸沿いの道を海風に吹かれながら指定されたホテルへ向かった。小さな町だからどこにでも歩いて行ける。

「マダム・ルノーはどうしたんでしょう」

そのときになってやっと先ほどの疑問を思い出して、わたしはオデットにたずねた。

「あのひとは帰りましたよ」

「帰った？　どこへ」

「アテネに」

「アテネに？　なぜ」

「知らない。たぶん荷物のことが心配なんでしょ」

書きおくれたが、マダム・ルノーというのはわれわれCクラス三人組のうちの一人だった。六十近いひどく太ったひとで、バスの乗り降りにはいつも運転手の手を借りていた。上端だけが金縁の眼鏡をかけ、その眼鏡ごしにあたりを睨みつけるように見るので、最初から好感がもてなかった。パリのどこかの役所に勤める公務員つまり役人だそうで、そうと知れば、なるほどと思わせるところがあった。

それでも数少ない仲間の一人であるからと、最初のうちは努めて話しかけるようにしたが、そのたびに億劫そうな返事が戻ってくる。このひとも、オデットやわたし同様一人でいるのが好きなタイプなのかとも考えた。ただしオデットの場合は、連れの友人が急病で来られなくなったからということだった。

ペロポネソス半島の旅へ出かけるときからマダム・ルノーは絶えず何かぶつぶつこぼしていたが、実はそれには十分な理由があったのである。

マダム・ルノーは旅行社で直接にでなく、代理店を通してツアーの申し込みをした。しかしチャーター機がすでに満席だったので、一行とは別のローマ経由の飛行機に乗せられた。ところがどうした手違いからか彼女の荷物はローマで下ろされ、アテネに届かなかったのである。そうと判れば彼女の不機嫌も苦情も無理からぬ、むしろ同情に価するものだったのである。

アテネ出発以来、ガイドのシモーヌさんはマダム・ルノーの苦情に辛抱づよく耳を貸し、行く先々のホテルからアテネの会社に電話を入れて、その後荷物が届いたかどうか問い合わせているらしかった。しかし何の情報も得られなかった。マダム・ルノーにしてみれば気が気でなく、誰か訴える相手が欲しいのだ。ずっと年下のオデットをつかまえて、例の早口で愚痴をこぼしているのをときおり耳にした。

そのマダム・ルノーが急にアテネに引き返したと聞いたとき、とっさに浮かんだ情景があった。

それはコリントスを発つ前のことで、たまたまわたしはマダム・ルノーの近くにいた。彼女はわたしに聞いてほしいのか、だがうわべは独り言を装って例の愚痴をこぼしはじめた。何を言っているのかよく判らないが、どうやら自問自答の繰り返しのようで、その間に嘲るような笑いをうかべるのである。少々気味が悪い。

ちょうどそのとき、運悪くそばをガイドのシモーヌさんが通りかかり、その愚痴と笑いを耳にしたのだった。彼女は多分、例のオリンピアのホテルの一件で神経が疲れていたのであろう。立ち止まると、やや開き直った口調で一語一語はっきりと発音しながら、次のように言ったのである。

「ルノーさん、わたしは出来るだけのことはしましたよ。あなたには同情します。ご心配もよく解ります。しかし、いいですか、人生にはもっともっと重大なこと、深刻なことがあります。たとえば死とか。……不吉なことを言うのを許して下さい。でも永年この仕事をしていると、旅先でそういう不幸に出くわすこともあるのです」

わたしは驚き、思わずシモーヌさん（いやこのときは女史だ）の顔を眺めた。その表情は普段と変わらなかった。いやあ、マダム、なかなか言いますね――と、これは胸の裡だけで叫び、しかし一方、急に黙りこんでしまったマダム・ルノーの立場にも同情を禁じ難く、この白けた重苦しい空気を少しでも和げようと、わたしは畏敬の念を一瞬忘れて口を挟んだ。

「さすがギリシャですね。あなたは哲学者のようなことをおっしゃる」

しかしシモーヌ女史はにこりとするどころかわたしには一瞥もくれずに行ってしまった。そしてこれが直接の原因かどうか知るすべもないが、マダム・ルノーはわたしをオデットと二人きりにして、アテネに帰ってしまったのである。

海岸から引っ込んだ裏通りに面して、ここにも「シーサイド・ホテル」と英語の看板が出ていた。たしかにシーサイドにはちがいないが、海は見えない。

わたしたち二人の荷物は先にバスで運ばれていて、フロントの前に仲よく並んで置かれてあった。ここは簡易ホテルといったところで、ボーイが荷物を運んだりはしない。部屋の鍵を受け取りお互いの番号を確かめ合ってから、エレベーターの方に足を向ける。

オデットは痩せていた。いかにも学生らしい簡素な身なりのわりには大きなスーツケースを持って来ていて、それを持ち上げようと前かがみになるとTシャツとジーンズの間が十センチほど開いて、青白い肌と背骨がのぞいた。手伝ってあげようと申し出ると素直に受け入れ、かわりにわたしのショルダーバッグを持ってくれた。

「荷物、これだけ？　簡単でいいですね。アテネに置いて来ましたの？」

「いや、これで全部」

「ほんと？」

彼女は疑わし気な笑いをうかべた。

エレベーターは狭くて、荷物があると人間二人がやっとである。荷物をよけて立つと、目の前三十センチのところにオデットの小さな白い顔と細く尖った鼻が迫って来て、思わず息を止めてしまった。目のやり場に困って意味もなく「やっと……」と呟くと、

「やっと何？」

「やっと……ホテルに着きました。ひと休みできる」

「疲れましたか」

「いえ、べつに」

「それじゃ、荷物を置いたら、少し海岸を散歩しません？」

「賛成」

「じゃ、下で待つことにしましょう」

「オーケー」

オデットはパリ大学の医学部の学生だった。最初会ったとき、小柄な、固さを感じさせる体つき、少女のような可憐な声などから、中学生かと思ったほどである。医学の何を研究しているのかとたずねると、専門用語で答え、ついでそれを平易な言葉で説明してくれた。そのときのひたむきな表情や純情そうな口の利き方のために、少女という第一印象はいまも残っている。

わたしの理解しえたかぎりでは、オデットの専門は「栄養学」といったところらしかった。ところで、後で見るとおり、この未来の栄養学士は、自分の体の栄養については無頓着だった。

オデットにとっては、日本はまだ遥か遠くの珍しい国で、日本人と口を利くのはこれが初めてだった。最初のうちわたしを学生と考えていたようで、パリの大学で日本語を教えていると知ると「あら」と叫び、ぱっちりした瞳を好奇心に輝かせながら言った。

「じゃ、この旅行で、わたしは古代ギリシャの芸術と一緒に日本語の勉強もできるのね」


Tシャツの上からカーディガンを引っ掛けて出て来たオデットと、風のつよい海岸沿いの道を町の中心に向かって歩く。

ナフプリオン。人口一万足らずのこの鄙びた港町は、一八二九年にギリシャがオスマン帝国の支配を脱し独立を取り戻した際、一年間ほど首府に定められていた町だそうである。しかしいまはその面影はなく、小ぎれいな夏向きの観光地になっている。

町の裏手に聳え立つ岩山の頂上に砦が残っているのが望まれた。その昔、この町がヴェネチアの支配下にあった時代を記念するものらしい。港の入口に浮かぶ要塞化した小島もまた、ヴェネチア時代の遺物である。岩窟が西陽を浴びて錆びた鉄塊のように赤褐色に染っていた。

貨物船が一隻、まるで廃船のようにひっそりと横付けされているそばを無言で足ばやに通り抜けると、道がコンクリートから雑草の生えた赤土に変わった。この辺りも昨夜かなり雨が降ったらしく、方々に水溜りができている。夕空を映す水面に小じわのような波が走る。道というより海沿いの原っぱに近い人気のない空地を、次第に輝きを失いつつ色を深めていく海面を眺めながら、しばらく黙々と歩む。

町の中心に近づくにつれ、海に面して広いテラスのあるカフェやレストランが軒を連ねはじめる。店の奥から流れ出る音楽はアメリカの曲のようだ。近くに海軍の基地でもあるのか、テラスでビールを飲みながら談笑している水兵の姿が目につく。

その辺りからよく整備された遊歩道が海沿いにのびていて、長い脚をパンタロンに包んだ犬を連れた若い女や、腕を組んだ老夫婦などの散歩する姿が見られた。ゆっくりした足どりで何度も行き来している正装の老カップルの、真直ぐに伸ばした背筋やとり澄ました表情、まるで舞台の上の役者のようで、ついこちらまでそんな気分になってくる。

途中、同じグループの仲間とすれちがうと、久しぶりに再会したような懐かしさを覚え、手を上げて会釈を送ると相手も同じ仕ぐさで応えた。

海に面して小さな白いテーブルを並べたカフェのテラスがわたしの気をそそる。ちょっと腰をかけて食前酒の一杯を、と先ほどから考えているのだが、酒を好まぬオ

デットの手前どうも言い出しにくい。やっと思い切って足を止めて、

「何か飲もうか」

と誘ってみると、

「いいえ。わたし、寒い」

と細い体を竦めるようにして答える。カーディガンの下で、寒がりの小さな動物のように、かすかに震えているようだ。白い顔がいっそう白く、いっそう小さく見えた。

「じゃ、帰る?」

黙ってうなずくオデットの肩に、わたしは上着を脱いで掛けてやる。「メルシー」、子供のような声だった。時計を見るともう八時過ぎ、そろそろ夕食の時間である。わたしたちはふたたび海沿いの原っぱを通ってホテルへ帰って行く。

部屋にもどってセーターに着替えてきたオデットと待ち合わせ、一階の食堂に向かった。照明を落とした広いホールを見回して、わたしは一瞬ためらった。まだ時間が早いので他に客は一組もいない。美しくセットされたいくつもの食卓(どこにこれだけの客がいるのか)、そのひとつひとつに点された燭台風の豆ランプ、壁ぎわに立ち並ぶボーイたち。わたしたちは端近くの目立ぬ席をえらんで坐った。フランス語の

メニューがあった。

オデットはまったく小鳥のような胃袋をしていた。マダム・ルノーもまじえて初めて三人で食事をしたとき、出された料理に全然手をつけないので嫌いなのかとたずねると、べつにそうでもなさそうだった。「それでは体がもちませんよ」とマダム・ルノーに注意されても、「これでいいのです」と答え、デザートのオレンジを小さなショルダーバッグにおさめた。

ナフプリオンのこのホテルでも変わらない。野菜には手をつけるが、肉はちょっとつつく程度。グラスに半分ほど注がれた葡萄酒もそのままにして水を飲んでいる。見ていると、わたしもつい何かと言って食べさせたくなる。

「それだから痩せているんだ」

「かまわないの。わたし、よく解っているんだから」

「栄養学の専門家じゃないか」

「そう。だから解ってるの」

それ以上はもう口出しせぬことに決めた。何か訳がありそうだ。腹工合でも悪いのか。

ナイフとフォークを動かすわたしの手つきを珍しそうにながめながら、ときおりオデットは改まった口調でたずねる。

「ムッシウ・ヤマダ、あなたはギリシャのどこに関心がありますの、歴史、それとも自然？」

ほかの旅でも同じような質問をうけたことがあって、そのときは「人との出会い」のつもりで「人間」と答えてうまく伝わらなかったのを思い出し、ためらっていると、質問が変わって、

「ギリシャ、気に入りましたか」

「ええ」

「どこが？」

まるで口頭試問である。

「海、それと……光。この町、いいねえ」

「海が好きなのは、日本が島国だから当然ね」

「というより、港町で育ったから……」

「ピレウスの港へ行ってみましたか」

「いいえ。ホテルの人が、ピレウスの港は大きくてごたごたしていてつまらないって言ったので」

「それは間違い。中央埠頭でなく、裏にとても美しい入江があります。ぜひいらっしゃい」

「うん、そうしよう」

そう応じてから今度はこちらからたずねてみた。

「きみはギリシャのどこに関心があるの」

「そうね、……歴史かな」

「では質問。ソクラテスは何時ごろの人ですか」

これはわたしが二、三日前に復習したばかりのことだった。

「待って……」

オデットは急に受験生のような真剣な表情になり、懸命に記憶を探る目付で宙の一点を見つめはじめた。その様子を笑うと、「待って、待って」と制止し、やがてためらい勝ちに、

「紀元前……五世紀、でしょう？」

「そう、正確には紀元前五世紀のおわりごろ。よく出来ました」

「ありがとう。では、今度はあなた。——ソクラテスはどんな死に方をしましたか」

「〈毒の人参〉……」

ドクニンジンのフランス語を知らないのでそう言うと合格して、

「そのとおり。デザートをあげますよ」

そのオデットの口ぶりは、ままごとのお母さんのようだ。

こんな問答をやっているので、わたしの食事はなかなかはかどらない。オデットの方は手持無沙汰なので思いつくままにたずねてくる。しまいには日本語を教えてくれと頼む始末。そこで「こんにちは」「ありがとう」「さようなら」などを教えてやると、それを繰り返しながら「ま、おもしろい」と喜んでいる。

「もっと知りたければ、パリでわたしの授業に出ておいで」

とレッスンを打ち切って、気にかかっていたことをたずねた。

「わたしを最初見たとき、日本人とわかった？」

「ええ。でも確信はなかった」

「マダム・シモーヌはチベット人と思っていたそうですよ。そんな風に見える？」

「チベット人を知らないから。でも、おもしろいわね」

オデットはわたしの顔をしげしげと眺め、何度も笑った。

やっと食事がすむと、わたしたちは直ぐに席を立った。薄暗い壁際に控えているボーイへの気兼ねもあったが、それよりも二人とも疲れていたのだ。明朝の出発も八時である。

上へあがって廊下の角で別れるとき、オデットは、

「おやすみ《ボヌ・ニュイ》、チベットさん」とふざけた。

「朝起きられる？　ドアをノックしてあげようか」

「それより、日本の歌で起こして下さいな」

「日本の歌は知らない、チベットの歌なら……」

すると彼女はさっと近づいて来てわたしの両の頬に軽く口づけすると、「ボヌ・ニュイ」ともう一度言って小走りに部屋の方へ消えた。

翌朝わたしは、目覚ましよりも先に燕の鳴き声に起こされた。部屋の窓のすぐ下に巣があるらしく、親鳥が戻って来ると大変な騒々しさである。怯えさせてはいけない

のでそうっと窓を開けたが、それくらいの音にはもう慣れきっているようだ。

あたり一帯にみなぎる朝の光。澄みきった青空。やっと天気が回復したようだ。正面の材木置場の前の空地をトラックが一台、のろのろと横切って行く。海は、左手の建物の向こうに拡がっているはずだ。ひんやりとした朝風が海の香を運んで来る。

オデットを起こしに廊下に出てから、ふと部屋の番号が怪しくなった。考えるとますます判らなくなる。ためらいながら軽くドアをノックし、耳をすました。応答はない。もう一度ノックするのは止して階下へ降りた。フロントでたずねようとして、オデットの姓を知らずにいることに気づいた。だが係の男はすばやく察して、

「おはようございます。お友達はもう起きていらっしゃいますよ」

と言い、鍵の有無を確かめてから付け加えた。

「外出なさってます」

食堂では、一組の中年の男女がひっそりと朝食を取っているだけだった。前夜とは違うボーイが近づいて来て、

「お一人ですか」

「ええ……」

せめてコーヒーぐらい飲んだだろうか、オデットは。

食事の後、部屋にもどり身支度をすませ、荷物を持ってホテルを出ようとすると、入口の石柱に背を凭せかけて日向ぼっこをしているオデットの姿を見つけた。薄く目を閉じ、いかにも気持よさそうに見える。斜め後ろからそっと近づく。鼻の下の産毛が白く光って、銀色の口髭のようだ。

本当に眠っているのではなかろうか。声をかけるのをためらっていると、先を越されてしまった。

「おはよう《ボンジュール》、チベットさん。よく眠れましたか？」

目を閉じたままオデットは細く高い声で言った。

「おはよう。ずいぶん早起きなんだね」

「早く目がさめたので、港を散歩して来たの」

「じゃ、目覚しの日本の歌を聞かなかったね」

「あら、ほんとに歌って下さったの」

オデットは眩しそうに薄目を開き、わたしの表情をうかがった。

「もう一度歌って。まだ半分しか目が覚めていないの」

わたしは彼女と並んで石柱に凭れかかり、ショルダーバッグから前日買ったカセットを取り出して見せた。

カセットのケースの中央には映画のなかで両手をひろげて踊るメリナ・メルクーリのスチール写真、その下に NEVER ON SUNDAY と印刷されている。

「あ、これは知っている、ハジダキスね」

そう言うとオデットは主題曲の旋律を口ずさみはじめた。

「まだほかにもあるんだけど。テオドラキスとか……」

残念なことにオデットはギリシャ語がわからなかった。そのかわりひとりのギリシャ人の友達を紹介してくれたのである。

それは、偶然にもメルクーリと同じメリナという名の女性で、何年か前、パリに留学していたときオデットと親しくなったのだった。その後、アテネでも会った。いまは結婚していて、子供が一人あるはずだ。

「とてもいい人、もちろんフランス語はできます。カセットの曲名を訳すぐらいのことは喜んでしてくれるでしょう」

そう言ってオデットは、石柱から背を起こし、わたしの方に向き直って続けた。

「これからまだ二、三日アテネにいるんでしたね。じゃあ、あとで電話をしておきます。こんどは会えないので、わたしの代わりに会って来てくださいね」

そう言ってからメリナの電話番号を教えてくれ、アテネでのホテルをたずねた。エコノミー・ホテルと答えると、彼女は知っていた。

「実は、その名前、恥ずかしくてね」と打ち明けると、オデットは、

「なぜ？　エコノミーって、いいじゃないの。ちょっと変わってるけど」

と冷静な声で言い、話を元に戻して、

「そのホテルはたしかオモーニア広場の近くでしたね。じゃあメリナの家から遠くないわ。――何時行きますか」

まだ行くかどうか決めかねていたわたしは返答に窮し、口ごもった。旅の途中で未知の人を訪ねて行くのは率直に言って気が重かった。しかし行く前に一度電話して都合を聞いてみるように、と念を押されると、もう行かぬわけにはいかないような気がして来た。

オデットは今回はエーゲ海の島めぐりには参加せず、この後バスでアテネ空港まで運ばれ、夕方の便でパリにもどることになっていた。わずか数日の道づれにすぎな

かった。しかしいざ別れるとなると名残り惜しくなってくる。そう伝えるとオデットは、「きっとまた会えるわよ、パリのどこかのカフェでばったりと」と言って笑った。

わたしたちは電話番号を交換しあって再会を約した。

そうこうしているうちに迎えのバスがやって来た。いつもと順が逆で、A、Bクラスの客が先に乗っていた。昇降口が開き、サングラスをかけたガイドのシモーヌさんが降り立って、手を挙げて挨拶を送ってきた。

バスは車体を洗われ、朝の光のなかで新品のように輝やいて見えた。

わたしはオデットの足元に置かれた大きな鞄を下げて歩き出した。オデットはされるがままにしていたが、しかしこの度はわたしのショルダーバッグを持ってくれなかった。

薄い色のついたバスの窓硝子ごしに、いくつもの顔が二人の近づくのを眺めていた。

メリナ

四日間の旅からもどると、わたしはホテルのお気に入りの部屋で二日ほど気ままにすごした後、やっとオデットから紹介されたメリナという女性に電話した。名乗ると直ぐに判って、夕方七時半ごろ家に来るよう誘われた。そのフランス語はわかりやすくわたしの緊張は解けた。

泊まっているホテルをたずねられたのでエコノミー・ホテルと教えると、「エコノミー？」と言って一瞬黙り込み、

「何通りにありますか」とさらにたずねる。

知らないがオモーニア広場の近くだと答えると、それなら簡単だと言い、地下鉄で一つ目のヴィクトワール広場という駅で降りてからの道順、建物の位置と番地、階などを丁寧に教えてくれた。

「入口にヴァルマスって名が出てますから、そこのブザーを押して下さい」

そこまで説明しておいてからふと考えが変わったらしく、

「やっぱりタクシーの方が簡単かしらね。タクシーでいらっしゃい」と訂正した。

夕方六時半ごろ、夜に備えてコートを羽織り、あの好人物の支配人の「行ってらっしゃい、ムッシウ・ヤマダ」の声に送られてホテルを出た。

近くの広場に店を出している花屋で花を買った。開きかけのサーモンピンクのバラを五本、少々高いが、夕食に招かれるのだからと奮発した。ずんぐりした花屋の主人はおまけに一本足してくれ、「グッド・ラック！」と英語で言って大袈裟にウインクして見せた。

ハトロン紙に包まれ根元を銀紙で巻かれたバラの花束を持って、夕暮時の人混みのなかをオモーニア広場へ急ぐ。街角からカセット売りの音楽が流れ、それに混じって宝くじ売りの甲高い声がひびく。道行く人の視線が注がれているようで、わたしは花束を何度も持ち替えた。

タクシー乗場で運転手に「九月三日通り」と、行き先を英語で告げると相手が何か言うが、さっぱり解らない。困っていると、通りがかりの青年が英語で説明してくれた。

「九月三日通り」というのはすぐ近くなのでタクシーは行かないそうだ。歩いて行ける。

だが花束をかかえてこれ以上歩きたくないので、地下鉄で行くことにした。

夕方の地下鉄はひどく混んでいて、すし詰めの車内でわたしは花束を頭上にかざし、かろうじて車体の動揺に耐えていた。そして次の駅に着くと、やっとの思いで下車することができた。

訪ね当てたところは、新しい高級マンション風の建物だった。通りから石段を数段上ったところに大きな厚い硝子扉があり、その横に、住居者の表札が出ていた。ヴァルマスとローマ字で表記されたところのボタンを押すとランプが点き、インターホーンで女の声が応じた。名乗るとブザーが鳴った。これで入口の扉が解錠された。

中に入り、エレベーターで五階まで上る。扉が開くと、目の前に女の子の手を引いた若い、美しい女性がにこやかに立っていた。

「メリナ？」

「いらっしゃい、ムッシウ・ヤマダ」

「これどうぞ」と早速花束を差し出すと、メリナはごく自然な態度で受け取り花に顔を近づけ、笑顔をうかべて軽くうなずいてから花瓶に生ける準備にとりかかった。ふと見ると、広々としたサロンのテーブルも戸棚も花で飾られている。

すすめられるままにソファの分厚いクッションに腰をしずめた。夢見心地に室内を見回していて、ふと気がつくと、すこし離れたところに女の子が立ってまじまじとわたしの顔を眺めている。「こんばんは《ボン・ソワール》」と挨拶してみたが表情を変えず、いかにも珍しそうに見つづけている。

そこへ、メリナがバラを生けた花瓶をかかえて戻って来た。

「子供さんのお名前は？　年はいくつ」

「エリナといいます。三つ」

「エリナ、ここへいらっしゃい」

わたしが坐ったまま顔をのぞき込むようにしてもう一度話しかけると、エリナの顔に怯えの色がうかんだ。これ以上言葉をかけると泣き出しそうだ。

「この子はもう眠いんですよ。今日はお昼寝をしなかったから」

メリナはそう言って子供に向かって何か言葉をかけると、エリナは絨毯の上に転がっている薄汚れた布の人形を拾い上げて胸に抱いた。

「これがないと眠れませんの」

メリナはそう言うと子供の手を引いて奥へ消えた。

しばらく経って子供を寝かしつけて戻って来ると、メリナは改めた口調でたずねた。

「何か飲物を。ウィスキー、それともチンザーノ？」

来客への食前酒のすすめ方はパリなどと同じだなと安心しつつ、「ウィスキーを」と答えると、メリナはグラスに三分の一ほど注いだウィスキーと、さらにわたしの注文で氷と水を運んで来てくれた。

意外なことに、彼女自身は何も飲まない。

メリナは年の頃二十七、八、中肉中背の健康そうな美人だった。背に垂らした豊かな黒髪、面長の顔、わずかに吊り上がった黒々とした眉毛と大きな黒い瞳、血色のいい唇の間からのぞく白い歯並み。——このいかにも南国的なはっきりした顔立ちには、真紅のセーターがよく似合った。

直ぐに用件を切り出すのも失礼に当りそうなので、わたしはまずオデットのことを話題にした。

「パリでは親しくしていたけど、最近は会っていませんの」とメリナは言った。

「今度も電話で喋るだけ」

ほかに話すことがないので、わたしはペロポネソス半島周遊の旅の印象をざっと語った。メリナは言葉を挟むことなく、始終微笑をたたえて聞いている。

空腹に飲んだウィスキーがまわりはじめた。つい来訪の目的を忘れそうになる。もう九時に近かった。用件を食後にしたら遅くなりそうだ。メリナの夫の帰宅を待っている間に片付けておこう。

そう考えてわたしは上着のポケットからケースにおさまったギリシャの歌のカセットを取り出し、「これ、おねがいします」と言ってメリナに差し出した。

「ハジダキスと……テオドラキス」

ただそれだけ言ってメリナは曲の題に目を通しはじめた。ふとわたしは、ガイドのシモーヌ女史がテオドラキスの政治的立場について洩らした文句を思い出した。この裕福そうなメリナはテオドラキスをどう考えているのか。一瞬そんな疑問が脳裡をかすめた。だがメリナにはそのようなこだわりの影も見えない。

「音楽がお好きなのね。じゃ何か……。うちにはいまカセット・レコーダーがありませんので」

そう言って彼女はサロンの一隅に置かれたレコードプレイヤーの蓋を開き、ターンテーブルにのったままのレコードに針を下ろした。期待に反し、それはアメリカ風のムード音楽だった。

それからしばらくの間、メリナはカセットのギリシャ語の表題をフランス語に直す

仕事に没頭した。ときどき考えこむ風なので、

「ざっとでいいんです」と口を挟むと、

「ギリシャ語特有の表現があって、訳しにくいんです」

と真剣な面持で言い訳する。気の毒になって、こんな仕事を初対面の人に頼んだことを悔いた。

そうしているうちに入口でブザーが鳴った。夫が帰って来たのだ。メリナは「失礼します」と言って席をはずし、しばらく現れなかった。

玄関の向こう側に寝室をはじめ浴室や台所があるらしかった。やっと夕食だ。空腹をかかえたわたしはカセットのことを忘れ、食堂に案内されるのを今か今かと待った。

夫のヴァルマス氏がメリナといっしょに入って来た。柄もののシャツに着替え、パイプをくわえている。三十四、五のがっしりした体軀の持主である。

わたしはソファから立ち上がり、差し出された大きな手を握った。

彼はフランス語ができないので、わたしたちは英語でしゃべることにした。

ヴァルマス氏は元船員だったが今は船を下りて、デスクワークについているそうだった。以前船に乗っていたころ、日本に何度か行ったことがある。東京のほか川崎、

釜石、神戸、尾道、長崎等々。

「日本語をすこし知ってますよ。コンニチハ、オハヨウ、コンバンハ、アリガト、サヨナラ」

意外なことに、彼はパイプをくわえたまま何も飲まない。また空になっているわたしのグラスを見ても、もう一杯いかが、とすすめてもくれないのである。

そうこうしている間、メリナは黙々と中断された翻訳の仕事を続けていた。ときおり行き詰まると、夫の意見を求めている風だ。

仕事は予想以上に手間取った。いまさらもう結構とは言えない。とにかくこれが終わらなければ夕食に移れないはずである。腹を空かせて待っているヴァルマス氏が気の毒になってくる。もう十時に近かった。

「どうもすみません。後でもいいんですよ」

「もう終わります」

彼女は顔を上げずに答えた。

やっと終わった。メリナはフランス語で表題の記された紙片をわたしに見せてから小さくたたみ、カセットのケースに輪ゴムで留めてテーブルの上に置くと、夫とちょっと言葉をかわしてから台所の方へ消えた。さあ、いよいよメシだぞ。

ところが再び現れたとき、彼女は盆の上に何かをのせて運んで来たのである。盆の上には皿が一枚のっていた。そしてその皿の上にはパイ風のケーキの大きな一切れ。おや、おかしいな、いまごろケーキとは。これがギリシャ風なのか。

「どうぞ。ギリシャのケーキです」

そうすすめられてわたしは一瞬、返事に窮した。たしかに空腹で、のどから手が出そうだ。だが、いまこんなでかいケーキを食べると折角の夕食のご馳走が入らなくなる。やはりこれは断るべきだ。それに、自分だけが食べるというのもおかしい。ここははっきりさせておく方がよかろう。とっさにそう判断したわたしは不慣れな英語で言った。

「すみません。わたしは食事の前には何も食べないことにしていますので」

すると夫婦はちらっと目を交わし合った。その瞬間、ある微妙なゆらぎがその場に生じるのがわかった。同時に、はっとわたしは気づいた。

いったん気づくともうじっとしてはおられなくなった。わたしは急いで起ち上がり、メリナに向かって「もう遅いのでこれで失礼します」と言った。

メリナは引き留める素振りも見せずにカセットをわたしに手渡した後、そばの小棚からすこし古くなったカセットを取り出し、「記念に」と言って差し出した。それは彼女が以前に、自分用に好きなギリシャの歌を録音しておいたものだった。

「このなかのたしか三番目か四番目に、フランス語にすればChez Melina《シェ・メリナ》(「メリナの家で」)となる曲があります。今晩の記念にちょうどいいと思って」

笑顔でそう言ってから、他の二つのカセットといっしょに輪ゴムでとめてわたしに手渡し、

「歌詞はギリシャ語ですけど、メリナはギリシャ語でもメリナですからすぐわかりますよ」そう言ってから一呼吸おいて「ギリシャ語の勉強をして下さいね。そしてつぎにお会いしたときはギリシャ語で」と笑顔で付け足すと、それまで一言もしゃべらずにいたヴァルマス氏が「そうだ」とつぶやいた。

気が動転していたわたしは上の空で礼をのべ、カセットを受け取った。

一刻も早くこの場を去りたかった。わたしはあらためてメリナに礼を言い、ヴァルマス氏の大きな手を急いで握ると、彼女が着せかけてくれるコートの袖に慌てて手を通し、逃げ出すように家を出た。

来るときは賑やかだった九月三日通りは人も車も絶え、まだ十時過ぎというのに深夜の様相を呈していた。地下鉄の駅を間違えぬように、と別れしなに注意してくれたメリナの言葉を思い浮かべながら、肌寒い暗い通りを急いだ。

いまごろ、あの夫妻はどうしているだろう。やれやれといった表情で遅い夕食の席に着いている姿が目に浮かんだ。だが他人のことよりも、先ず心配しなければならないのは自分のことだった。今晩、メシにありつけるかどうか。

はげしい空腹をおぼえた。あの大きなケーキを食べておけばよかった。「食事の前には何も食べないことにしています」などと、まるで重大な宣言でも行うように言ってのけた情景を思い出すと、恥ずかしさと同時に滑稽さがこみ上げてきた。あの二人は「食事」という言葉をどう取っただろうか。だが夕方の七時半に招かれた以上、わたしのように考えるのがむしろ自然ではないのか。

薄暗い地下鉄のホームには、青年がひとり坐っているだけだった。電車の来るのを待つ間、わたしはメリナの訳してくれた歌の表題に目を通した。「朝」、「裏切り」、「つばめ」……。しかし表題だけでは仕方がない。すべてパリに戻るまでおあずけだ。

オモーニア広場に帰り着いたときは十一時をすぎていた。わたしはすぐに「ニュー・オリンピア」へ足を急がせた。さいわい店はまだ開いていて二、三人の男が広い店内にまばらに席に着き、黙々と食事をしていた。

顔見知りの老ボーイがわたしの来るのを待っていたと言わんばかりに笑顔で出迎えてくれた。メニューを見せ、もう遅いのでこれしかできないとすまなそうに言う。その小魚のフライと白の葡萄酒を注文した。これにパンがあれば十分だ。

胃袋が満たされ酔いがまわってくるにつれ、メリナの家での失敗の記憶も薄れていった。それよりもご馳走はなくとも、不慣れな外国の言葉で会話をつづける煩しさからのがれ一人でする食事の、なんと気楽で有難いことよ。

ホテルに帰り着いたのは真夜中すぎだった。フロントには例のおやじの姿はすでになく、夜番の若者が新聞を読んでいた。彼はわたしの顔を見るとすぐ部屋のキイをとってくれたが、わたしのお休みの挨拶にたいしては何も言わずすぐに目を新聞にもどした。

ピレウス

翌日の一日を、わたしはオデットのすすめてくれたピレウス行きに当てた。オモーニア広場から地下鉄に乗ると、電車は二つ目の駅から地上に出て、およそ二十分で終点のピレウス港に着いた。

駅を一歩出ると、すでにそこには港独特の明るい開放的な活気があふれていた。濃い潮の香にまじるタールのにおい。帰って来た、そんな懐かしい思いが胸にこみ上げて来る。

中央埠頭には、派手な色の煙突や船体の大きな船が何隻も横付けになっていた。エーゲ海の島めぐりでわたしが乗るのはどの船だろう。立ち止まって船尾に記された船の名を仰ぎ見ていると、遠い昔、故郷の丘の上から沖を通る汽船の名を当てて得意になっていた少年がわたしのなかで目をさます。

地図をたよりに途中から埠頭を離れ、海に背を向けて舗装された坂道を上って行った。坂を上りつめると眼下にまた海が見えてきた。半円を描く入江にたくさんの小舟が舫っている。ここがオデットの教えてくれた海岸にちがいなかった。

坂を下り、色とりどりのヨットが大きな玩具の陳列のように整然と並んでいる岸に沿って、コンクリートの道をしばらく歩いた。ヨットはイギリス、フランスはもちろんのこと、遠くアメリカ、パナマ、ヴェネズエラなどの国籍をもっていた。名前もエロス、ミノスなどギリシャにちなんだもののほかに、チャーリー、シンデレラ、さらに「風の眼」などというのもあった。

艇内を清掃している大きな男たちの毛深い腕も、胸も、脚も、赤く日焼けしていた。入江沿いになおしばらく歩くと、人気の絶えた静かな場所へ出た。ところどころに建つ夏のヴァカンス用のホテルは、まだシーズン・オフで閉まっている。入江の道はそのあたりで終わり、そこから先は突堤になっていた。

すこし高くなったところに広いカフェ・テラスが見つかった。わたしはその石段を上って行った。

テラスには白いテーブルと椅子が雨ざらしのまま、明るい光の中に前年の夏の残骸のように散らばっていた。人影はなかった。奥にあるカフェをのぞくと、薄暗い内部に何組かの客と白い制服を着たボーイの姿が見えた。

ボーイに合図してテラスに戻り、椅子に腰を下ろしてあらためて見回すと、テラスの端の海に一番近い席に、白いポロシャツを着、濃いサングラスをかけた白髪の老人が坐っているのに気が付いた。彼はもう何時間も身動きせず、じっと海を眺めているように見えた。

やがて運ばれて来たビールを、わたしはゆっくりと時間をかけて飲んだ。真上から惜し気なく降り注ぐ四月の陽光の下で時は停止し、そのなかで放心したように、テラスの手すりと防波堤との間にわずかに見えている帯状の海を眺めてすごした。

わたしの意識は徐々に薄まり、まどろんでいった。

ときおり、どこかでエンジンの音がポンポンとはじけ、やがて夢のスクリーンの上を滑るように、碇泊中のヨットの帆柱の向こうの狭い水路に小蒸気船が姿を現した。するとそれが突堤の外に隠れてしまうまで根気よく目で追った。

しばらくして立ち上がりテラスを下りて、突堤の内側の狭い通路を先端に見えている白い燈台めざして歩きはじめた。修理場に引き上げられたヨットの船体のかげで、上半身裸の男たちが黙々と塗装作業を行っていた。

突端に着いて小さな石段から上にあがると、横なぐりに強い風が吹きつけて来た。

風に耐えながらしばらく海を眺めた。紺青の海面に立つ白波の間をモーターボートが走っていた。ちょっと目を離すと、ボートは海に紛れて見えなくなった。

海のむこう、ちょうど対岸に当るところに、白壁を段状に重ねたアテネの街が巨大な貝殻の丘のように望まれた。

風が肌に滲み透り、たちまち体温を奪って行く。たまりかねて石段を下り、風の当らぬ燈台の後ろに回ろうとすると、そこに一人の若い女が坐っていた。ジーンズに包まれた長い脚を持て余し気味にコンクリートの上で折り曲げ、その上にギターをのせていた。

巻き上げてまげにして留めた髪はブロンドだった。うなじの下に突き出た背骨が白く光っていた。

黒いシャツの下の円錐型の乳房が肩ごしに見えた。

女は背後に人がいるのに気づかぬらしく、身じろぎもせずに茫洋とした水平線へ目を向けていた。

驚かしてはいけない。そう思うと身動きもできず、わたしはしばらくその場に立ちつくしていた。やがて少し離れたところにわずかなスペースを見つけだし、そっと腰を下ろした。それを待っていたように女は頭をめぐらし、微笑を浮かべた。白い顔に鼻の先だけが赤かった。わたしも微笑を返した。

それからしばらくは、互いに相手を忘れたように黙って海を眺めていた。潮騒の間に風に鳴る弦の音が聞こえる。ふとそんな気のする瞬間があった。

青い海、青い空、みなぎる光、風の音――このためにギリシャまでやって来たようなものだ、と思った。


翌朝、わたしはエコノミー・ホテルに別れを告げ、旅行社の送迎用バスでふたたびピレウス港に運ばれた。そして、最後にもう一度、姿なき団体の一員にもどって、このツアー最後のスケデュールである三日間のエーゲ海島めぐりに出かけることになった。

わたしたちの船はステラ・オケアニス号という、定員五百名の一万二千トンの大型観光船だった。船内にはダンスホール、玉突き場、プールまで備わっているそうだ。この豪華船にいくつもの団体が乗り合わせているのだった。

船は島に接岸せず沖合いに碇泊して、乗客はそこからランチで島へ渡るようになっていた。ランチは一日に何往復かする。このいわば海上のシャトル・バスで観光客は各自島に渡り、夕方帰って来る。昼食をとりにもどることもできる。終日ほぼ自由行動といってよかった。

船はデロス、ミコノスの島々に寄った後、トルコの沿岸に沿うようにしてロードス島からはるかエーゲ海の出入口に位置するクレタ島まで訪れた。これら大きな島では観光バス（別料金）で見物するのである。サントリーニ島では丘の上の古代遺跡を見物するために急な坂道をロバに乗せられて上がった。下りは徒歩で、下に着くとロバの背にまたがる自分の写真が出来上がっていて買わされる、そんな仕組みになっていた。

ヴァカンスのこの時期、訪れる名所がどこも観光客でごった返しなのは陸の上となんら変わらなかった。ガイドの大声と客の私語にどよめく満員の美術館、軒をつらねる土産物店。帰りのランチの時間も気にかかり、のんびりと過ごせる時間などなかった。

島の高みからながめると、何隻もの観光船が沖に碇泊しているのがわかった。その船からバスならぬランチでの人間がどっと運ばれて来るのだ。観光船とは海上を移動する観光ホテルのことだった。

日が暮れて客が島からもどって来ると、船内は社交の場と化した。ステラ・オケアニス号にはさまざまな言語（主に英語とフランス語のようだったが）をしゃべる団体が乗り合わせていた。わたしのような一人旅の者は他にいないようだった。

わたしの部屋はデッキから小さな急な階段を降りた機関室の近くにあった。狭くはあるがシャワー、トイレ、小机、それに氷の入った魔法瓶がそなわっていた。

夕食はファースト・サービスとセカンド・サービスに分かれ、それぞれグループごとに席についた。飲み物は自前である。

最後の晩は船長招待のお別れパーティーだった。男も女も着飾って出席した。普段着のままのはわたしひとりだけだった。船長が英語で挨拶した。小さなバンドがロック調の曲を演奏した。ここはもうギリシャではなかった。

タキシードとイヴニングの男女の間を動き回る唯一の東洋人たるわたしにたいし、ギリシャ人のボーイたちは好意的だった。その微笑や目配ばせに励まされてわたしはシャンパンを何度もおかわりし、キャビアのカナッペに遠慮なく手をのばした。

これがわたしのエーゲ海の旅だった。

メリナの国で

海上で三泊四日を過ごし、五日目の朝早くピレウス港に帰り着くと、わたしは旅行社のバスでアテネ空港に運ばれ、帰りの航空券を渡された。これでやっと団体から解放され一個人に戻ったわけである。

その日の午後のエール・フランスのチャーター機でわたしはアテネを離れた。

機内は、日焼けしたヴァカンス帰りのフランス人で一杯だった。なかに一人、忙しそうに答案の採点のようなことをしている中年の女性がいた。学校の教師らしかった。フランスもこんな風になって来たんだなとわたしは苦笑まじりに考え、同時に、自分の仕事を思い出した。もうヴァカンスは終わっているのだ。

フランス領空に入って間もなく、「パリは晴天、気温は十七度」とアナウンスされると、乗客の間から歓声が上がった。

そのとおり、パリも春たけなわだった。出発した翌日、雪が降ったなどということが信じられぬほどの、ギリシャ帰りの肌にさえ暑く感じられる陽気だった。

二週間ぶりに見るパリの街は、わたしの目にことさら新鮮に美しく映った。

コーマルタン街の五階にある下宿の部屋に戻ると早速、窓を開け放ち空気を入れ換え、シャワーを浴びた。そして、夕食を外ですませて帰って来ると、たまっている郵便物に目を通すのは後まわしにして、旅の間おあずけになっていたカセットの音楽を聞くことにした。

馴染みのある「日曜はダメよ」の入っているものから始めた。久しぶりに聞くメリナ・メルクーリの声は、おそろしくしわがれていた。何時の録音なのだろう。カセットのケースには「オリジナル・サウンド・トラックから」とあった。するとおよそ二十年前のものである。メリナの声だけでなく器楽の合奏も古びて聞こえた。

つぎにテオドラキスを聞いた。曲だけのものと、歌詞つきのものとが半々ぐらいだった。オリンピアからコリントスへ向かうバスの中で聞いた曲や、エーゲ海を行く船の上でバンド演奏で聞いたシルタキの踊りの曲などがふくまれていた。

どちらのカセットにも、メリナが訳してくれたフランス語の題がついている。しかしその題名は残念ながらあまり役に立ったとは言えなかった。当然のことながら、題名を知っていても歌詞がわからなければ曲の内容はつかめない。だがいまのわたしには歌の内容よりも旋律だけで十分なのだった。

ひととおり聞いてから最後に、メリナから記念にもらった表題のないカセットにかかった。このカセットのことはエーゲ海の船旅の間にも何度か思い出し、そのつどなにかおかしな気分におそわれたものだった。

Chez Melina《シェ・メリナ》と彼女は言った。「メリナの家で」。ちょっと出来すぎではないのか。本当にそんな題の曲がこのなかに入っているのか。冗談ではないのか。

そんな思いをあらたに、わたしはその少々古くなった謎のカセットを手に取った。このなかからどんな旋律、どんな歌が流れ出すのだろう。興味津々、わたしはそれをラジカセにセットし、スタートのボタンを押した。

メリナはたしか三番目か四番目の曲と言ったけれど、わたしは最初から全神経を耳に集中して聞き入った。

三曲目までは歌詞がなく、ブズーキの演奏だけだった。ほかでも聞いたことのあるような懐かしい旋律がつづいた。

四曲目もゆるやかな器楽の演奏に始まった。これでもなさそうだと思いながら聞いていると、前奏が終わり、女の声が歌い出した。

起伏の少ない平坦な、もの憂いような短調の曲だった。歌詞のひとことも聞きのがすまいと息をつめて耳を傾けた。とくに「メ」の音に注意をしながら。

曲が変わり、ふたたびゆっくりしたテンポの女の声が歌いだした。いぜん「メリノ」という言葉いや音は聞きとれなかった。しばらくすると突然、転調して、急テンポの男女の二重唱に変わった。長調の陽気な旋律だった。二重唱の部分はすぐ終わり、また最初のゆるやかなテンポの女声ソロに戻った。

歌詞は三番まであるようで、急テンポの二重唱の部分はルフランになっていた。ギリシャ音楽によくある素朴な、どこか東洋風の民謡調の歌である。

これだろうか。しかしいくら聞いても解らない。半ば諦めて最後のルフランに耳を傾けていたとき、突然、「メリナ」という音が聞こえたように思った。

曲が終わるのを待ちきれず、わたしは急いでテープを巻き戻し、最初から聞き直した。ゆるやかな器楽の前奏がやたらに長く思えた。それが終わって女声のソロに続く短い二重唱のところで確かに「メリナ」という言葉が聞き取れた。気のせいではない。それはルフランのなかで三度繰り返されていたのである。

これに違いない、とわたしは確信した。念のため、残りの曲も聞いてみたが、ほかにそれらしい曲はなかった。

それから当分は、暇を見つけてはギリシャの音楽を聞いて過ごした。その時の気分によってテオドラキス、ハジダキス、あるいは「メリナ」を選んだ。

しばらくは多忙な毎日が続いた。帰った翌日から大学での講義が始まったし、休暇前にすませておくべき仕事も残っていた。旅の思い出に耽ってばかりもおられなかったのである。


時はすみやかに過ぎ去り、月が変わってもう五月だった。ギリシャの海も光も早や遠い過去にすぎなかった。しかし多忙な日常の間にも、あの曲のことだけはときおりふっと胸をよぎった。好奇心がおさまり、いったんは関心が薄れはしたものの、あの「メリナ」のルフランは謎のように心の片隅にひっかかっていたのである。いったいメリナがどうしたというのか。メリナのところで何があったのか。

作曲者の名はさておき、せめて歌詞について少しでも知ることができたら。案外有名な歌かもしれないと考え、親しくしている音楽通の学生にたずねてみたが駄目だった。

「ギリシャの歌」と聞くと彼は笑いながら言った。「ディミトリに訊いてみたら」

ディミトリというのは、わたしの講義に出ている禅の研究を志すギリシャ人学生だった。痩せて浅黒く、八の字ひげを生やしたユーモラスな風貌の彼は何時も最前列に席を取り、わたしが教室に入って行くと起立して手を差しのべ、「お元気ですか」と挨拶するのだった。

そうだ、彼がいた。ところが休暇が明けてから、ディミトリの瓢々たる姿は教室で見かけなくなったのである。しばらく経ってほかの学生にたずねると、惜しいことに彼は禅の研究を急いで、すでに日本へ発ったということだった。

それからまたわたしはオデットのことを思い出した。ギリシャ好きの彼女のことだからきっと何かの手づるを見つけ、「メリナ」の謎を解くのを手伝ってくれるだろう。それでなくてもただ再会して、ギリシャの旅を懐かしみ合うだけでもよかった。わたしの口からメリナの家でのこと、わたしの失態を聞いて、彼女は何と言うだろう。どんな声で笑うだろう。そしてメリナの贈り物のあの歌を、歌詞は解らぬままいっしょに聞くことが出来たらどんなにわたしは嬉しかっただろう。

しかしオデットの教えてくれた番号に何度ダイヤルしてみても応答がなく、また彼女の方からも何の音信もなく日は過ぎていった。

最初はむしろ単調に聞こえた「メリナ」の旋律は、聞き慣れるにつれどこか哀愁をおび、ときにはわたしの感傷を誘った。

歌詞の方は最初から諦めていたわたしは、せめて旋律だけでもおぼえたいと思った。しかし素朴と思えた最初の印象とは逆に実際は微妙な節まわしに富んでおり、全曲をおぼえるのはむずかしく、少し試みてからわたしはあきらめた。だが、ルフランの部分の旋律は、単純素朴で（少なくとも素人にはそう思えたのだ）、何度も繰り返し聞いているうちにおぼえてしまい、やがて口ずさめる程になったのである。

夕食の支度をする台所の片隅で、洗濯物を干すベランダで、郵便物を取りに降りて行く何段もの階段の途中で——そのようなありふれた日常の場所と時間にふと気づくと、わたしはその「メリナのルフラン」を口ずさんだり、ときには口笛で吹いたりしているのだった。

やがてわたしは旋律だけでは満足できなくなり、そこに自己流に歌詞をつけることを思いついた。

それからは日々の生活に作詞の楽しみが加わった。まずは題名だった。前にも書いたように Chez Melina《シエ・メリナ》は、「メリナのところ、あるいは家で」だが、もっとひろげて「メリナの国で」とも訳せる。そうすればこのカセットテープを記念にくれたメリノ・ヴァルマスだけでなく、わたしの好きなメリナ・メルクーリもふくむことができる。そうだ、これにしよう。「メリナの国で」、これがいい、これに決まりだ。

こう題が決まると、不思議なことに言葉がつぎつぎと浮かんできた。まるで思いついたときは頭のなかで歌詞はすでに出来上がっていたかのように。

だがそれは不思議でも意外でもなかったのだ。晴れた日の午後、ベランダで日光浴をしながら、あるいは夕暮れ、少しの酒に人恋しさをまぎらせながらあのルフラン、あの旋律を口ずさんでいるうちに、わたしは胸のうちで作詞を始めていたのだ。

その言葉をわたしはつぎつぎにノートに書きとっていった。

メリナの国で
メリナの国で

とまずルフランの部分を書いた。そして何度か繰り返し呟いてみてからこう続けた。

ぼくらは出会った
きみとぼく

そこで少し考えてから、もう一連書き足した。

メリナの国で
メリナの国で
ぼくらは別れた
きみとぼく

さらにつづけて

メリナの国で
メリナの国で

また会えるだろうよ
きみとぼく

読み返してわたしは笑った。この歌詞はギリシャ語の歌詞とは何の関係もないし、曲とも合っていない。しかしわたしは満足だった。メリナの国でわたしたちは出会い、別れ、そしてまた会えるだろう、この単純な歌詞のうちに自分のギリシャの旅のすべてが、旅のなかで出会った人々を懐かしむ気持が十分に表現されていると感じたのである。

多忙と孤独の交互するわたしの日々に、ギリシャの旋律とは別の小さな歌が、わたしひとりのための歌が加わった。めっきりと長くなった初夏の一日の暮れきるのを待つ間、ベランダの椅子にかけ、中庭を囲む黒く煤けた建物の屋根の上に残る昼の色に燕の飛びかう明るいギリシャの夕暮れをしのびながら、わたしはカセットであの曲を鳴らした。そして「メリナのルフラン」にさしかかるとそれに合わせて歌った。わたしひとりの歌を歌った。胸のうちで歌った。そして「また会えるだろうよ　きみとぼく」のところにくると、旅で、旅のなかの旅で出会った人々――アテネのメリナ・ヴァルマス、メリナを紹介してくれたオデットをはじめ、空港で出迎えてくれたオレンジ嬢、エコノミー・ホテルの支配人、ガイドのシモーヌ女史、カセットを買った小さな海辺の町の土産物屋の主人、さらにはピレウスの入江の灯台のかげで黙って微笑を交わしただけのギターを抱えたブロンドの娘とさえも、あの人と車であふれるアテネの街角で、あるいは有り余る光のなか、かぎりなく青い海のほとりできっとまた会えるだろうという希望がわいてきて、同時にわたしの胸は何か切ない思いに締めつけられてくるのだった。

太陽の門をくぐって

——冬のアンダルシア

グラナダのフラメンコ

どんより曇った空を見上げて誰にともなく言ってみた。

「太陽の門《プエルタ・デル・ソル》は年末の休暇で閉まっていたのかもしれないな」

しかしビロニさんもミナも、聞こえなかったように取り合ってくれない。ビロニさんは胸にカメラを構え、こわい顔をして周囲を見まわしている。〈プエルタ・デル・ソル〉とはマドリッドの有名な広場の名前、そしてわたしたちをパリからスペインへ運んで来た寝台列車の愛称である。いい名前だ。

「〈アンハンブラの思い出〉という曲を知っていますか、タレーガの」

そばへやって来たビロニさんに、今度は話題を変えて訊いてみた。

「いや知らない」

「ミナ、あなたは」

「知らない」

名で呼んでくれと言うので「ミナ」と呼んだのだが、やはりまだぎこちなさが抜けていない。

「ギターの名曲だけど」

「日本で流行しているのかね」

ビロニさんにそう訊き返され、それ以上説明する気の失せるのを覚えながら、

「いいえ。でもタレーガはこの国の作曲家ですよ」

「ふうん、そう」

耳の奥で小さく鳴りはじめていたギターの調べが、ふっと跡切れた。

そこはグラナダのアルハンブラ宮殿の城壁のそばだった。午前中の雨は上がったもののの空は依然厚い雲に覆われ、その暗灰色を背に白く雪をかぶるシエラ・ネヴァダの山なみが遠く望まれた。冬にしては予想外の暖かさである。この丘の上にも風はない。季節外れなので観光客の姿もちらほら程度なのはありがたいが、よく手入れされた庭

園の暗緑に花に彩りのないのが淋しかった。十年前の五月、はじめて訪れたときの光景がよみがえった。明るい陽光の下、花に飾られたあでやかなアルハンブラ。目の前の景色が、わずかに明るさを取りもどすような気がした。耳の奥でまたタレーガの曲が小さく鳴りはじめた。

アルハンブラの城の向かいにあるサクロモンテ（聖なる山）をわたしは見上げた。そこへ到る道に沿って重なる家々の白壁の眺めが、眼下にひろがるグラナダ市街の、白と淡褐色を基調とした光景とともにわたしは好きだった。

サクロモンテへの道は禿げ山の下で終わっていて、そこから先は石段となって山頂に達している。その山頂に望まれる建物は修道院にちがいない。何段あるのか、その荒涼とした禿げ山の山腹を真直ぐに登る細い石段を眺めていると、峻厳という言葉が自然に胸に浮かんでくる。

サクロモンテは、しかしその峻厳さによってのみわたしを惹きつけたのではない。丘に到るまでの、びっしりと白壁の並んだ坂道には、かつてジプシーの住む洞窟があった。現在は小さなバーや土産物店が軒なみに並んでいる。ジプシーの棲家は今日では観光地と化したのである。

その晩、わたしたちはそこでフラメンコを見物することになっていた。

ホテルのロビーに出ている案内によると、驚くほどの安さである。見に行こうと言い出したのは意外にも、わたしが心中ひそかに「屋根裏の哲人」と呼んでいるビロニさんだった。意外といえばカメラを持っているのも彼らしくない。

ビロニ夫妻とは日本にいるとき友人を介して知り合った。東洋哲学に魅せられインドを経由して日本にやって来たというビロニさんは、すでに七十歳くらいの老人だったが、京都市内の老朽化した民家の二階に三十ほども年下のミナと二人でひっそりと暮らしていた。二人とも大学でフランス語の非常勤講師をしていたが、ひどく貧しい生活で、しかしそれを一向に苦にしていないように見えた。それは旅先でも変わらない。いかに暖かいスペインとはいえ、冬のさなかにサンダルばきで街を歩きまわっているビロニさんの姿を見ていると、かつては修道僧であったという噂がうなずける。

一方ミナの方も、京都での貧しい生活のなかではさほど目立たなかった片方の柄がとれた眼鏡を、驚いたことにいまもまだ使っていて、美術館の中などでぐらつくのを手で支えながら陳列品をながめているのだった。

フラメンコの見物料の相場は知らないが、二カ所、それにシャンパンのおまけが付いて千円もしないというのは安すぎはしまいか。大丈夫かなと危ぶんだが、ビロニさん夫妻が見たいというので付き合うことにしたのだった。それに安すぎて悪いことがあろうか。

わたしたちは旅の二日目にして早くも懐がさびしくなっていたのである。第一に、出発の当日がクリスマスの翌日で、銀行が閉まることを忘れていたためビロニさんは十分な金を用意することができなかった。第二に、マドリッドに着いて帰りの寝台車の予約をしようとすると二等はすでに満席で、一等車にせざるを得なかった。こうして第一日目からわたしたちは財政難におちいったのである。

その日の朝、雨の上がるのを待つ間、ビロニさんはホテルのロビーで緊急会議を招集した。各自の所持金を申告して総額を確かめ、交通費のほか残りの日程、宿泊および食事の回数などを数えて、一晩あるいは一食に各人が費しうる金額まで算定した。大蔵大臣ビロニ氏は一の位までおろそかにしないのである。フランをペセタに換算する手間に加え、永年外国に暮らしてきたビロニ夫妻は十年以上も前に廃止された旧フランの習慣をいまだに守っているため、計算はさらに混乱するのだ。例えばわたしが「百フラン」と言うと「一万だな」といちいち旧フランに直すので、しまいに腹が立ってきて「新フランで」と頼んだが、一向に平気な様子である。それほどの緊縮財政の下ですら許されるほど、われわれのフラメンコ見物は安かったのである。

それでもホテルまでバスが迎えに来てくれるという。近くの安食堂で夕食をすませ、ホテルのロビーに戻って待っていると、指定の時刻の九時をわずかに過ぎたころ入口の硝子扉が勢いよく開いて、黒い皮のジャンパーを着たほっそりした体つきの若者が踊るような軽快な足どりで入って来た。まるで今夜の催しの前座をつとめているようである。

「ブエナス・ノーチェス、セニョーラ、セニョーレス（皆さん、こんばんは）」

歌うような抑揚ゆたかな口調で若者は挨拶し、早速タバコを取り出してすすめたが、誰も受け取らなかった。若者はタバコを引っこめ「では参りましょう」多分そんなことを言い、帳場のマダムに向かって慇懃に「ブエナス・ノーチェス」と挨拶し、また軽快な足どりで出口へ向かった。そのときはじめてわたしは、このロビーで待っているのがわたしたちだけであることに気づいた。

若者についてホテル前の小道から表通りに出ると、大きな観光バスが一台ひっそりと停まっていた。電灯は消えたままで、乗り込むと車内には運転手のほか誰もいなかった。フラメンコ見物に出かけるのはたった三人なのか。やっぱりなあ、とわたしは胸のうちで呟いた。暗い空洞のような車内におとなしく腰をかけているのが心細く、また滑稽に思えてくる。

やがてバスは発車した。案内の若者はわたしたちを無視したように運転手と早口に何か喋っている。コートを通して寒さがしみこんできた。「寒い」と言うと、ビロニさんが片言のスペイン語で暖房を入れてくれるよう頼んだ。しかしバスには暖房設備が付いていていなかった。

しばらく走ると、バスはわたしたちのとほぼ同じクラスの別の小さなホテルの前に停まって二、三人の客を拾った。後日確かめたことだが、どこの国でもホテルから見物に出かける場合、バスはまず格の低いホテルの客を拾い、順次、格を上がって最後に高級ホテルに寄る、そんな習慣になっているようだった。こうすると朝早い出発のときなど、最初と最後とでは一時間ほども差が生じる。つまり高級ホテルの客はそれだけ朝ゆっくりできるわけだ。ついでに付け加えると、安ホテルの客ほど時間を守るようだった。人を待たす、これも「高級」というか、高い料金のうちに含まれているらしいのである。

　さて、こうした仕来りに従ってバスはいくつかのホテルをまわり、「たった三人」という出発時の驚きや当惑を消していった。最後に停まったのは「カルメン・ホテル」という豪華な、少なくともわたしの目にそう映るホテルだった。煌々と灯りのともったポーチ、見送りに出た仕着せ姿のボーイたち、しばらく待たせてからゆったりとした足どりで出て来る何組かのカップル、そういったものを窓ごしに眺めながらわたしは「貧富の差」を実感すると同時に、その「富める者」がわたしたちと一緒にめっぽうに安いフラメンコ見物に出かけるのを変に思った。だがカルメン・ホテルの客など「富める者」の部類に入らず、要するに大衆なのだ。第一、金持ならこんなバスに乗ったりはすまい。

　カルメン・ホテルでバスはほぼ満員になって車内はやっと活気づき、貧富ともどもめでたくフラメンコ見物へ向かうことができた。

　サクロモンテの麓でバスを降り、浅い段になった暗い坂道を案内の若者についてぞろぞろと登って行った。夜の更けるとともに寒さが一段と身にしみて、トレンチコートぐらいでは防ぎきれない。女たちの毛皮のコートが羨ましい。

しばらく行くと、左手にどれもよく似た白壁の小さな家が並びはじめた。赤や緑のペンキで塗った扉と窓枠。観光客相手の土産物店や酒場である。なかをのぞくと客はひとりもおらず、ただフラメンコ調の音楽が鳴りひびいているだけだった。

わたしたちが案内されたのは洞窟を改造したような、何の飾りもない一室だった。部屋というよりも、周囲の壁を漆喰で白く塗り固めた土間と呼ぶ方が適切だろう。家具といえば、壁ぎわに並べられた簡素な腰掛けだけ。そこにめいめい勝手に腰をおろす。すると待ちかまえていたようにジプシー風の中年の女がまっすぐわたしのところへやって来て、カスタネットを売りつけようとする。日本人に狙いをつけているのは明らかだ。片言の英語で話しかけてくる。「ノウ」ぐらいでは引き下がらない。わたしの指に無理やり紐を通して鳴らせてみせ「トゥー・ハンドレッド」としつこくまとい付く。

一同が着席し終わると間もなく、入口の方から女がひとり現れたかと思うと何の挨拶もなく踊りはじめた。素顔に普段着のままで、近所のおかみさんといったところである。素人と見て間違いあるまい。ただカスタネットだけは一人前(?)で、そのほかにひとりの男が手拍子をとりつつ歌をうたう。

似たような女が入れ替わり立ち替わりして結局五人ほども踊っただろうか。観客は呆れ顔で押し黙り、申し訳程度に手を叩いた。

三人目ぐらいのとき、やっと男が現れて相手をつとめた。これも普段着のままである。妙に胴が長く、短脚で、削ぎ落としたように顎の短い、のっぺりした顔の若者だ。これもそのあたりの客引きのひとりといった感じである。ただ素人なりの熱演で、わたしの目には一番達者に映った。

踊りの合間に白ワインが振る舞われた。この場に似合いの安酒である。手を付ける者がほとんどいないので遠慮しつつ、結局一杯だけ飲みほした。

終わるとまた案内の男について坂道を下った。暗闇のなかではぐれそうになる。ビロニ夫妻の姿が見つかったので追いついて、

「あれは一体何です」と言って笑うと、ビロニさんは目をまんまるく見開き、

「あれは淫売だ」

と呟いて肩をすくめるので驚いた。

「こんなのをもう一つ見せられるのですかね」

「知らないよ」

つぎにわたしたちはナイトクラブ風の建物に連れて行かれた。こちらが本番、サクロモンテの方はいわば前座だったのである。

バスを降りるとき、ふと客のひとりの顔を見ておやと思った。先程、ジプシーの洞窟で女の相手をつとめたのっぺり顔の小男ではないか。彼はわれわれ一行のひとりだったのである。見るに見かねて景気づけに踊り出したのか、それともこの国の人間らしく見物しているうちに血が騒ぎだし、つい飛び入りをしたのか。

会場はすでに満員だった。通路まで人が立っている。

止むを得ず舞台脇に立って他人の肩ごしに見物することにした。安いのだから仕方がない。円い舞台の後方で楽団が演奏し、舞台のそでに立つ腹の大きくせり出した五十がらみの男がマイクに向かって歌っていた。豊かな黒髪をまんなかで分けて後ろでまげにし、濃いアイシャドウで目を隅どった女が六人、幾重もの赤や黒のスカートの襞を波打たせながら舞う。頭上にかざしたカスタネットから薄暗い場内一杯に硬い音の小波がひろがる。なるほどフラメンコだと思うが、これならべつに珍しくもない。

やっとシャンパンが出た。咽喉がかわいているので一気に飲みほす。ビロニ夫妻は酒を飲まないのでどうするだろうかと見守っていると、代わりにオレンジジュースを注文している。

終わったのは夜中の十二時をまわったころだった。

「どうでした」

ビロニさんに感想をたずねると、

「よかった。きれいだったね」

今度は満足の様子である。

「ミナ、あなたは」

しかし彼女は返事をしなかった。

そのときはわたしもビロニさんと同感だった。しかし後で思い返してみると、観光的なフラメンコよりも、サクロモンテの途中で見たジプシー女たちの下手な踊り、化粧気のない浅黒い顔、飛入りの胴長男の熱演の方が、かえって鮮明に甦ってきた。いや、ビロニさん、あれは「淫売」などではありませんよ。フラメンコとは元来ジプシーの歌と踊りなのだから、あれでいいのでは。

赤獅子館

「太陽の門」をわたしたちは多分グラナダからコルドバへ向かう途中でくぐったらしい。早朝まだ暗いうちにグラナダを発ったバスは昼近くわたしたちを青空の下、つややかな朝の光漲るコルドバの町へ運んだ。

街なかのオレンジの木に大きな実が黄金色に輝いている。

片言のスペイン語で訊ね訊ねしてやっと探し当てた市の観光案内所には、ありがたいことにフランス語のできる若い係員がひとりいた。昼休みでオフィスを閉める寸前だった。

ホテルを決めてから、空室の有無を電話で確かめてくれと頼むと、まだ少年気の抜けない顔に薄っすらと口ひげを生やした若者はこう言った。

「われわれは観光業者ではありませんからね」

正確な発音が無情にひびいた。

「でもグラナダでは電話してくれましたが」

若者はもう用事は済んだといわんばかりに黙ったままだった。簡略な市内地図の上にボールペンでホテルの位置を示す、それ以上のことは禁じられているかのように。

「歩いて行けますか」

「ええ」

「タクシーは」

「お望みなら」

「グラシアス（ありがとう）」

これだけは三人揃って元気よくスペイン語で言ってそこを出た。

通りを埋める車の列の間を縫ってひとりミナが歩いて行く。タクシーなどと言ってはみたものの、心のうちでは三人とも歩くことに決めていたのだ。排気ガスに目が痛む。ミナを呼び止め、地図で方角を確かめたうえ改めて歩きはじめると、ビロニさんも黙ってついてきた。旅中、新しい町に着いてから宿に落ち着くまでの、疲労のもっともきつく感じられる一時である。朝早くバスの駅でカフェ・オ・レを飲んだきりだった。空腹を通りこして胃は無感覚に近い。しかしビロニ夫妻は「疲れた」とも「腹がへった」とも言わない。わざわざ遠くのホテルを選ぶこともなかったのだ。街なかを避けて旧ユダヤ人街に泊まることを提案したのは、この土地をすこしは知っているつもりのわたしだったのである。

うつむき加減に、おかしなほど上体を傾けて荷物を運んで行くミナ。持ってあげよう、と声をかけるべきだが、すでに何度か断られていた。その古色蒼然とした革のトランクには本が詰まっているはずだった。ビロニさんのも同様だ。寝台車の暗い灯の下で本を読んでいた二人の姿を思い出す。いちどミナに何を読んでいるのか訊ねると、何か言ったが早口で聞きとれなかった。いずれにせよ小説のたぐいではなさそうだ。

二十分ほど歩いてやっと探し当てたホテルは満室だった。近くのホテルを紹介してもらい、教えられたとおり角を曲がって、ムーア様式の建物の間の狭い道に入った。すこし行くと左手に「ホスタル」の標識が見えた。何か動物をかたどった小さな赤い看板が出ている。キリンビールのマークに似ている。教えられたホテルではなさそうだ。「ホスタル」とは要するに「簡易ホテル」といったものらしい。通り過ぎようとするとミナが立ち止まり、深く落ち窪んだ眼の奥からわたしの顔を見た。わたしも足を止め、もう一度赤いキリンビールのマークを見上げた。ビロニさんが追いついて言う。

「ここでもかまわないよ」

そうだ、悪かろうはずがない。だがいかに懐具合がさびしいとはいえ、この物価の安いスペインではもう少しましな宿に泊まれそうなものだが。グラナダで泊まった程度のホテルに。

ビロニさんの変わらぬ温厚な顔をながめ、赤い看板を見上げ、黙りこんでいるミナの横顔をうかがった。疲れが最良の助言者だった。

「ここにしよう」

二人のどちらにともなくそう言ってわたしは入口へ足を向けた。

簡素ながら中央にパティオ（中庭）を囲んだムーア様式の二階建の小さなホテルだった。入ると左手に帳場があり、台のそばに主人らしい中年男が立っていた。胸板の厚い、猪首の小男で、日焼けした顔はホテルの主人よりダンプカーの運転手といったところだ。ふと俳優のリノ・ヴァンテュラを思い出した。

「ポル・ファヴォール（おねがいします）」

これだけをわたしが言い、あとはビロニさんがフランス語とスペイン語のちゃんぽんで引き受けてくれた。ビロニさんはこの国に来てから、スペイン語がいちじるしく上達した。それでも宿の主人の早口にはついて行けないらしく首を振るが、相手は一向に意に介さぬ様子である。そして何を訊かれても「シ（はい）」と、答えるのだ。シャワーはあるか。シ。風呂はあるか。シ。湯は出るか。シ。客と調子を合わせるのが彼の戦法と見た。暖房のことを訊きそこねたのは、コルドバは暖かいという先入観のためである。

最後に肝腎なことを訊ねると、このときだけはメモ用紙に「300」と数字を記し、片ことのフランス語で朝食、サービス料一切込み、と付け加えた。そして、どうだ、安いだろうと言わんばかりに高笑いしつつわたしの背中を叩くのだ。これで断ったやつはいないぞと言わんばかりに。三百ペセタとは確かに破格の安さ、円に直せば約千円である。喜ぶよりも呆気にとられている間に決まってしまった。

宿の名をビロニさんを通して訊ねてもらうと、主人は「レオン、レオン」とだみ声で繰り返しながら入口の所までわたしを連れて行き、例の赤いキリンビールの印と自分の胸を交互に指さし、嬉しそうに笑う。ビロニさんの説明によれば、「レオン」はスペイン語でライオン、それはまた主人の名でもあるらしい。つまり自分の名を付けたのである。したがってわれらの「ホスタル・レオン」は日本風に直せば「赤獅子館」といったところだが、建物の規模にも主人の風貌にも「獅子」の風格は微塵も感じられない。あのだみ声を「獅子吼」とは冗談にも呼べないし、口ぐせの「シ、シ」が「獅子」に通じるなんて、駄洒落にもならない。だが安いだけに万事が簡単で、記帳や旅券の提出などの手続きなしで鍵を渡してくれた。

客室は二階にあり、数が少ないので迷うおそれはない。パティオを見下ろす小さな回廊にそって行くと、途中、足もとでカランと音がした。床の一個所にタイルが外れて浮いている所があるらしい。

ビロニ夫妻の部屋が十一号室、となりの十二号室がわたしの部屋と決まった。入室しようとすると、隣室の扉が軋みながら開いて女が出てきた。金髪、濃厚な口紅、サングラス。何者ぞ、そう思ったとたん、黒い眼鏡ごしにじろっと睨まれた。

部屋にはベッドが二つと坐りの悪い衣装箪笥、小さな洗面台。便器やビデはない。狭い道路に面して木の鎧戸のついた窓がひとつ、それで十分に明るい。そのまぶしいほどの光の中にさらけ出された粗末さがかえって気持がよい。

とにかく決まったのだ。諦めとも安堵ともつかぬ溜息をつき、ショルダーバッグとコートをベッドの上にほうり投げて、まず手でも洗おうかと水道の栓をひねった。水が出ない。湯の方をひねってみたがやはり出ない。断水か。電話がないから、文句を言うには下まで降りて行かねばならない。いったん部屋に戻って主人の来るのを待つ間、ふと思いついて、台の下の元栓をまわしてみた。すると水が出はじめた。蛇口がこわれているのだ。やって来た主人の顔をにらみつけ、見せつけに洗面台の下にもぐって元栓で水を出したり止めたりして見せてやった。すると彼は呵々と笑い、だみ声で何か喋りながらまたもわたしの背をばんばんと叩くのである。よく気がついたな。お前さん、なかなか頭がいいぞ。——どうもそんなことを言っているようで、気勢を殺がれてしまった。

この主人には上機嫌のとき人の背を叩く癖があるらしかった。それもわたしを若者とみてか二度叩くのである。ところが不思議なことにその分厚い手のひらで叩かれても痛くないのだ。力の加減？　叩き上手？　ふと京都のさる小料理屋の女将のことを思い出した。彼女も高笑いとともに客の背を叩く癖があって、わたしのごとき痩身には背骨にひびが入るかと思うほどびしびしと芯にこたえたものだ。しかしこの男の叩きは痛くない。そこに何か独特の柔らかさ、優しさすら感じられるのだ。スペイン、あるいはアンダルシア気質の感触とはこのようなものか。

それでもやはり、この宿屋のひどさは特筆に価すると言わねばならないだろう。一応まともなものといえばベッドだけなのだ。水はとにかく出ることがわかったが、それを入れるコップがない。棚のガラス板は外れていまにも転落しそうに傾いている。衣装箪笥にはハンガーが一本もないので、また降りて行く。途中、廊下でふたたび床のタイルがカランと鳴った。

帳場には主人の姿が見えず、かわりに黒々と頬ひげをたくわえた黒ぶち眼鏡の青年が番をしていた。ひげと眼鏡のせいでどこか知的な印象をうける。アルバイトの学生だろうか。しかしこの男にもスペイン語しか通じない。こうなれば身振りでいくより外ない。上着を脱いで掛ける真似をすると直ぐに通じて、頬ひげは大きくうなずき奥に引っ込んだ。やがて一抱えほどのさまざまな形状のハンガーをもって現れた。まともなのは一つもない。プラスチックのものは端が欠け、針金のものは歪んでいる。選りどり見どり、お好きなのをいくつでもどうぞ。頬ひげの眼がそう語っている。ビロニ夫妻にも分けるつもりで四、五本比較的ましなのを選び出した。

扉をノックすると中から「どうぞ」とビロニさんの声がした。

「どうですか」

ビロニさんは返事がわりに目を丸め、肩をすくめて見せた。扉の把手が取れている。それでも鍵はかかる。

「水は出ますか」

「出るけど流れない」

排水孔につまっていたチューインガムを、いま取り除いたところだった。主人に文句を言いに行ったりせず、何事も自分で処理するところが偉い。いや、偉いというより、文句を言ったってはじまらない、どうせ相手は文化水準の低い連中なんだからと諦めているのか。

ミナはビロニさんに委せきりで、ベッドに腰をかけて本を読んでいた。

「トイレを見たかね」

「いや、まだ。どうでした」

「おそろしい《アフルー》！」

早速視察に出かける。

トイレは廊下の突き当りにあり、シャワー室を転用したものだった。シャワーの器具は残っているが使用不能の状態にある。壁のタイルはあちこち剥げ落ち土が露出している。便器の周囲は水浸しでズボンの裾を持ち上げねばならない。想像をはるかに上まわる。「アフルー！」とビロニさんの口真似をして呟いてみた。感心にも、いや滑稽にもと言うべきか、紙は備えつけてある。だが頭上の水槽から洩れ落ちる水のちょうど真下に置いてあるので、ロール全体がじっとり濡れているのだ。便所に紙はあるか、シ。主人の高笑いが聞こえるようだ。誰も文句を言わないのが不思議だ。こんなものと諦めているのか。

水栓のひもを引いてみた。すると水だけはどどっとおそろしい勢いで流れ落ちた。身支度に手間どるビロニさんたちを待つ間ちょっとシャワーでも、と案内を乞いに降りて行くと、受付の若者は帳場を空にしたまま奥の小部屋の机の上にひげ面を伏せて居眠りをしていた。見ると部屋は床のタイルが十数枚剥がれ、そこは深くえぐられたように窪んで乾いた土が露呈している。周囲に乱雑に並べられた壊れた椅子や机。あまりのすさまじさに呆気にとられ、用件を忘れてしばらく眺めていた。そのときはまだわたしは、この取り壊し中の建物の内部のような部屋で翌朝、朝食をとることになろうとは知らなかったのだが。

ひげの青年は肩をつつかれるとすぐ目を覚ました。「風呂《バーニョ》は？」と訊ねると立ち上がり、案内してくれた。

浴室は一階の廊下の突き当りにあった。扉を開けるとビデと便器がまず目に付いた。よろしい。シャワーもある。その下の、せいぜい赤ん坊を行水させられるくらいの大ささの薄汚れた水溜め状のものは何だ？　これが風呂か。

風呂はあきらめ、とにかく裸になってシャワーの栓の「湯」の方をひねってしばらく待った。水はいっこうに温くならない。時間外だからか。もう何事にも驚かない。お湯は出ますか。シ、シ。——主人の口真似をして気を紛らせているうちに寒くなってきて、ふたたび服を着て頬ひげのところへ文句を言いに行った。彼はすぐやって来て、何だか考えこんだ表情で二つの栓を交互にいじっていたが、やがて晴ればれとした声で「オーケー」と言った。「水」の栓をひねると湯が出たのである。湯といってもぬるま湯であるが。

シャワーはある。風呂もある。湯も出る。そう言った主人の言葉にウソはなかった。ただそれがきれいだ、湯が熱いと言わなかっただけである。騙されたという気はせず、ただどうしようもない可笑しさがこみ上げてくる。ああ、スペインは——その後につづいて「かなわんなあ」と「いいなあ」の二つが重なり合って胸に浮かんできた。

その後ビロニさんは、宿についてはもう何も言わなくなった。愚痴ひとつこぼさなかった。あの「おそろしい《アフルー》！」の一語に尽きていたのだろう。わたしの方も、心のうちで何度も「アフルー」を繰り返しながらも、もう腹は立たなくなっていた。何よりもいいのは気のおけぬ点である。帳場に誰かいるのは稀れだから、いちいち部屋の番号を言って鍵を取ってもらう必要もなく、自分で取って気軽に出入りできる。何でも自分でするからチップの心配がない。この気軽さこそは安宿の最大の魅力と言えるだろう。おかげでわたしは主人のレオンともひげづらの青年とも、身ぶりをまじえて交歓することが出来るようになった。調子に乗って「シ、シ」と真似しているうちに口癖になり、ビロニさんたちにたいしてもつい口に出るようになってしまった。

市内散策

おそい昼食をとりに下へ降りて行くと、帳場の前に待ち構えるように立っていた主人が「レストラン？」と訊ねる。職業柄なかなか勘がいい。そしてわたしに任せておきなさいと言わんばかりにうなずき、十二、三の小娘を案内につけてくれた。

食堂は近くの小路の四つ角にあって、一目で「赤獅子館」の客向きの店とわかった。中は薄暗いがかなりの広さがある。黒ずんだ木のカウンターと窓際に並べられたテーブルとはすでに満席で、三人坐れる席は一番奥のトイレの扉のそばにしか残っていなかった。腰をおろす前にミナがトイレに消えた。やがて出て来るのを待って「どうだった？」とビロニさんが真剣な表情で訊ねる。紙はない。「汚いか」とたずねられてもミナは黙ったままだ。

主人が笑顔でカウンターの奥から出て来て、わたしたちの手を握った。彼はフランス語ができる。

わたしはまずビールを註文した。酒を飲まないビロニさんたちには気の毒だが仕方がない。彼らはミネラル・ウォーターを取った。ミナがハンドバッグからタバコを取り出して火をつけるのを見て、ビロニさんが顔をしかめ「吸いすぎる」と注意する。

ビールが来た。そのグラスにミナが横からすっと手を伸ばして一口飲んだ。ビロニさんの表情が一瞬くもる。ミナに「もっとどうぞ」とすすめてみたが、それ以上は飲まなかった。

すこし離れた席に金髪女がひとり、テーブルに肱をついてタバコを吸っている。サングラス、濃い口紅。おやと思ってよく見ると、まえに部屋のドアの近くで見かけた隣室の女だ。二十二、三、それとも十八、九。ふてくされたような表情。いったい何者だろう。タバコを吸い終わると席を立ち、いかにも勝手知った様子でカウンターの方へ行き、オムレツと山盛りのフライド・ポテトの皿を運んで来て食べはじめた。

しばらくしてまた見ると、何時の間にか若い男が寄って来ている。男は三人で、立ったりしゃがみ込んだりしてしきりに話しかけている。虫がたかっている、といった感じである。女は無関心な面持ちで、紅い唇をくねらせながら一心に食べている。そのうち根負けしたのか一人去り、また一人去って、最後に残った一番若いのが粘りづよく口説いていているらしかった。

どこの町に着いても、宿が決まり食事が済むとビロニ夫妻は早速市内見物、わたしは部屋に戻って昼寝、これが旅中いつしかわたしたちの行動の型となっていた。そもそもわたしには観光趣味がないのである。どこに行っても、ベッドに寝ころがっているのが最大の快楽なのである。一方、時間を有効に用いて動きまわる積極性という点では、この親子ほども年齢のかけ離れた夫妻はみごとに一致していた。暖いとはいえ冬のさなか機嫌よく歩きまわっているビロニさんを見ていると、喘息もちの老人とはとても思えない。ふとその元気すぎる姿がどことなく無邪気に映る。

二人に別れて宿に戻ると、人気のない午さがりのパティオにどこからか古いフランスの歌謡が流れていた。部屋に上がり、鎧戸を閉めてベッドに横たわる。ふと自分が古いフランス映画のなかの貧乏青年になったような気分がした。

ほの白い闇の中に視線を泳がせたまま、街のどこかを歩いているはずのビロニ夫妻の姿を思い浮かべようとした。その想像も窓のすぐ下を走るオートバイの爆音に弾き飛ばされてしまう。朝、バスの窓から郊外に立ち並ぶ高層アパートの群をながめ、街のなかで汚染された空気に眼を刺激されたときからもうわかっていた。十年前に訪れたときのコルドバはもはやない。他の街々同様のこの街も変わってしまった。永遠不変のアンダルシアを期待する方が愚かなのだ。

車の騒音に午睡をあきらめ、外を歩いてみることにした。

小路を挟む白壁の上方を明るく照らす午後の陽光、屋根と屋根の間にのびる細長い紺青の帯。これだけは変わっていないなと、立ち止まって仰ぎ見るわたしを車がおびやかす。あわてて建物の壁に身を寄せてやり過ごし、足の向くままに歩きまわっていると、また例の女に出会った。食堂で見た若い男がなお執拗に喰い下がっているようだ。女の方は相変わらず無視する様子で、赤革のブーツの脚を勢よく動かしていた。

道はいつの間にか赤獅子館の前に戻った。振り出しに戻るである。ここで一休みなどしていてまた主人に背中を叩かれたりしてはたまらない。そのまま通り過ぎてしばらく行くと道幅が広まり、商店街に入った。平屋の大きなスーパーマーケット、午後の買物客の混雑。なんだかここが日本の町のような気がしてきた。車とスーパーマーケット、この二つの普及によって世界中の街はみな似てくるようだ。

商店街を抜けると大通りの交叉する地点へ出た。排気ガスのもやの中に立って交通整理に当る、白いヘルメットをかぶった巡査のいかめしい顔つきがじつに立派で場違いに見える。

ホセ・アントニオ広場。ホセ・アントニオって誰だったたか。売店《キオスク》で郵便局をたずね、指さされた方角へ足を向けると急に十年前の記憶が甦ってきた。そうだ、泊まったのはこの近くだった。そのとき買った美しい色彩の切手には独裁者フランコの肖像が印刷されてあった。彼が死んだいまも、その肖像が現国王カルロス一世のそれとともに、硬貨の面に残っている。

　歩き疲れて、表通りからすこし引っ込んだカフェのテラスに腰をおろすと、頭の禿げ上がった老ボーイが、早速注文を聞きに出て来た。「セルヴェッサ、ポル・ファヴォール」とうろ憶えのスペイン語で注文してみると、嬉しいことにすぐに通じて、やがて注文の品が運ばれてきた。「グラシアス」。そのビールのグラスを傾けていて、ふとビロニ夫妻に隠れて無駄づかいしているような後ろめたさを覚える。三人の持ち金はパリ帰着までいわば共同管理の下に置かれ、勝手な出費は許されていないのだ。ま、これくらいはいいでしょう？　ビロニさん。


　約束の七時にビロニ夫妻と宿で落ち合って夕食に出かける。ビロニさんの倹約ぶりをちょっと試してみるつもりで、昼に食べた安食堂を提案してみた。彼は一瞬その店の様子、値段などを思い出そうとつとめる風だったが、「それも悪くはないが」と気のない返事をしてからつけ加えた。

「さっき、感じのよさそうな店を見つけたのだがね」

　さすがの倹約家もあの薄汚い店には参ったらしい。

「高くありませんか」

「いやいや、ちゃんと調べてある」

内心ほっとしてそこに決め、宿を出る。

寒い。小柄で猫背気味のビロニさんは真赤なトックリ首のセーターの上に出発前に買った新しい紺のジャンパー、頭には愛用の白っぽい薄地のハンチングと、出発以来変わらぬ服装である。外出のさい肌身離さず持ち歩いているファスナー付の古い赤皮のハンドバッグの中には現金、小切手帳、身分証明書から帰りの汽車の切符、さまざまな古い領収書、さらには小型カメラにいたるまで、つまり貴重品の一切合財が詰め込まれているのである。

「ミナ、寒くありませんか」

「いいえ」

だが上体を抱きしめるように腕を胸の前で交叉している格好は、いかにも寒そうに見える。これまで着ていた、ビロニさんのと同色の真赤なセーターと黒のコールテンのパンタロンを、ゆったりした黒のセーターと紺のジーンズに着替えていた。そんな服装をすると胸のふくらみが隠れ、髪を短く刈っているのでちょっと男のように見える。

宿から十分ほどの、回教寺院に近い小ぎれいなレストランだった。典型的なモール様式の建物で、外からはまるで小さな美術館のようだ。のぞくと、濃い緑に包まれた広いパティオを囲んでテーブルと椅子が並べられ、奥にバーのカウンターらしきものがのぞいている。七時をまわっているがこの国ではまだ夕食には早すぎ、妙にひっそりとしていた。黒い制服のボーイの姿を見て「高そうだな」と呟くと、ビロニさんが入口に張り出してあるメニューを見てみろという。なるほど「手ごろな」値段である。入って行くと直ぐボーイが現れ二階へ案内してくれた。

パティオに面した長い広間に、支度のととのった食卓が十ばかり並んでいた。客はまだ一組もいない。電光にかがやく純白のテーブルクロス、磨きこまれたワイングラスの列を見渡しながらビロニさんが「きれいだな」と満足そうに呟いてわたしの顔を見た。

席に着くとビロニさんは食卓のすぐ目の前に例の皮鞄を置き、それからハンチングを脱いで両手で残り少ない白髪を撫ではじめた。これが彼の癖なのである。櫛がわりに両方の指で毛をしごくようにして撫でつけるので、フケが散りはしないかと気になる。ミナは無頓着のようだ。

ビロニさんはまずわたしたち二人に料理を選ばせてから、自分は懐具合と相談しながら安い料理を選んだ。宿賃が予算よりずっと安くついたのだから心配いらないでしょうとわたしが言っても、これで結構と言って受けつけない。しかしわたしにたいしては寛大で、葡萄酒の注文を認めてくれた。つい甘えて食前にヘレスまで注文してしまった。ヘレスは、この土地の有名なシェリー酒である。

「ミナ、あなたもどう？」

調子にのってそうすすめると、ミナの顔に笑みが浮かんだ。この旅ではじめて見る嬉しそうな顔だった。わたしも嬉しくなる。しかしビロニさんはけわしい表情で見ている。何か言いたいのをこらえているのがわかる。妻の健康のことをずっと気遣っているのだ。とくにアルコールはよくないらしい。

運ばれてきたよく冷えたシェリーを、ミナはわたしより先に空けてしまった。しかし食事のときわたしが葡萄酒を注ごうとすると、たまりかねたビロニさんが「ノン、ノン」と語気をつよめて制止した。ミナは黙っている。さきほど見せた明るい微笑は、怯えた小さな動物のように引っこんでしまった。

何だか気まずくなって、しばらくは三人とも黙って食事をつづけた。

「きみは今日の午後、どこを見物したの」

やがてビロニさんが口を開いた。もういつもの温厚な表情に戻っている。

「べつにどこも。……ただ街をぶらついただけ」

騒音と排気ガスに満ちた広場、後ろめたい思いで飲んだビールのことを思い浮かべながらわたしはそう答えた。

「そう、街をぶらついただけ」

ビロニさんは笑いながらわたしの言葉を繰り返した。

「われわれは回教寺院を見物した。きみは以前に見ただろうが」

「ええ」

と曖昧にうなずく。よく憶えていないのだ。十年前にもやはり名所旧蹟には背を向けて、街をあてどなく歩いただけではなかったか。

デザートにはビロニ夫妻はいちばん安いオレンジ、わたしは飲物の分だけ節約するつもりで何も取らぬことにした。

食事がすむと勘定である。日ごろは俗事に超然としたように見える〈屋根裏の哲人〉の温厚な青い目が、勘定書を見ると急に鋭くなる。紙の裏に計算して、三で割って細かく一の位まで出す。これがビロニさんの流儀である。「勘定のけじめは友情のかなめ」、そうつぶやきながら彼は皮鞄のなかから小銭入れを取り出し、端数をきっちり揃えた。余計なチップはあたえない。小銭入れの底にはわずか一ペセタ貨が二、三枚しかなかった。

「わたしはヨブのように貧しい」

その顔がふと修道僧に見えた。

店を出る。年の暮れのアンダルシアの夜。予想を上回る寒さだった。わたしはトレンチコートの襟を立て、肩をすぼめて人通りのない暗い小路を宿の方へ向かって歩きはじめた。まだ時間は早いがほかに行く場所もない。ひとり先を行くミナに追い着き、しばらく肩を並べて歩く。

「コルドバ気に入った？」

何でもいい、ミナにしゃべらそうと意識的になっていた。返事をしない。

「パリの方がいい？」

「……帰りたくない」

意外につよい口調だった。その言葉の意味をとっさに解しかね、わたしは黙りこんだ。

ビロニさんの姿が見えない。振り返ると道のまんなかに立ち止まって、財布の中を調べていた。

宿の前でビロニさんが追い着くのを待ってわたしは言った。

「もう少し外を歩きたいんですが」

「それもいいだろう」

いつもの穏やかな声だった。

「わたしたちは疲れたから部屋に戻るよ」

「わたしも歩く」

思わずミナの顔を見た。あごをセーターの襟に埋めるようにして眼前の闇を凝視している。

「だめだ、疲れている。それに寒い。——ね、帰ろう」

「……」

「それじゃ、少しだけ、十五分、いいね」

ミナとわたしを交互に眺めながらビロニさんは念を押した。

「いい晩を《ボヌ・ソワレ》」

ビロニさんに挨拶して夜道をふたたび歩きはじめた。ミナが黙ってついて来る。わたしはどこに行くつもりだったのか。急にミナの存在が重く感じられてくる。ミナに影響されたようにわたしも言葉が浮かんでこない。

〈わたし、変ですか〉――何年か前によく耳にしたミナの言葉がよみがえってきた。何か重たいものを引きずるように、曲がりくねった暗い小路をしばらくあてもなく歩いた。

ミナ

ミナとはじめて言葉を交わしたのは、京都でビロニさんを知ってしばらく経ってからのことだった。当時わたしはフランス語の勉強のために一月に一度くらいビロニさんのところを訪れていたが、ミナはいつも隣室または一階の台所に隠れでもしているように閉じこもり、顔を見せることはなかった。たしかにわたしが用のあるのはビローさんの方だったし、こういう応対の仕方が個人主義的というものであろうかと、多少奇妙に感じつつも気にとめぬことにしていた。

ビロニさんを紹介してくれた友人によると、ビロニさんは「巷の哲学者」だそうであった。しかし彼がはるか年下のミナを知り生活をともにするにいたった過去のことについては何も言わず、わたしの方も知ろうとしなかった。毎度レッスンがおわると決められた謝礼を渡し、別れることにしていたのである。

何カ月か経ったある日、レッスンの後、めずらしく雑談していると襖が静かに開き、黙ったままミナが入って来た。のっそりと隠れ家から出てきただけのものという印象をうけた。彼女は挨拶もせずに椅子にかけ、しばらく黙ってわたしたちの話を聞いていた。ところがわたしがそろそろ帰ろうとしかけたとき、それまでは押し黙っていたミナが突然口を開いた。

「わたし、変ですか」

何のことかとわたしはミナを見返した。中肉中背で、髪は栗色。それ以外に憶えているのは眼窩の深い、暗いかげに隠れた黒い瞳と、体とは不釣り合いに大きな胸くらいのものだった。それでも異常というほどではない。

「わたし、変ですか」

暗い眼で上目づかいにうかがうようにしながらミナは重ねて訊ねた。

「変って……」

「みんながわたしを見て笑います。通行人も、電車の乗客も、教室の学生も。どこがおかしいのか言って下さい」

表情の真剣さにわたしはたじろぎ、曖昧に否定するのが精一杯だった。

それから、ミナはときどきわたしたちの席に姿を見せるようになった。だがわたしがそれをよろこんだのは最初のうちだけで、以後当分の間わたしは彼女の「わたし、変ですか」に悩まされねばならなくなったのである。それは無口な彼女の口にする唯一の言葉であったとさえ言える。いくら否定しても、ミナは深い眼窩の奥から疑うような目付きで見返し、するとわたしはたしかに変だとみとめざるをえなくなるのだった。

そうしたミナの様子をビロニさんは黙って眺めているだけだった。あるとき彼女が席をはずしたすきに、彼は声をひそめて言った。

「ミナは疲れているんだよ」

それからおよそ一年後にビロニ夫妻は日本を去った。湿気の多い風土が自分のリューマチによくないからだとビロニさんは説明したが、そのほかにも経済的理由や、とくにミナの健康状態への配慮が加わっていたのだろう。

日本人を怖れ、嫌いさえしているように見えたミナは、しかし出発が近づくと日本を離れるのをいやがった。出発の当日、思いがけず羽田からかけてきた電話のことをわたしはいまも辛い気持で思い出す。料金を気にしてか、搭乗時刻が迫っていたためかミナは珍しく早口で喋って別人のような印象をうけた。その早口と、不意をくらった当惑とでわたしはほとんど理解できなかった。訊き返すひまもなく通話は切れた。何を伝えたかったのだろう。それがずっと気にかかり、次に会ったら訊ねようと考えながら忘れていたのだった。

ビロニ夫妻からはいちどだけクリスマスカードがとどいたきり、その後は音信が絶えたまま三年に近い年月が過ぎた。ビロニさんの高齢や健康状態、なかんずく日本を離れたときのミナのつらそうな様子などを思い合わせ、わたしは帰国後の二人の生活について暗い想像をめぐらした。

その後、パリの大学で日本語を教えるため渡仏したわたしは、自分がパリにしばらくいる旨をビロニさんに伝えた。返事はなく、わたしは授業の準備などにかまけて夫妻のことを忘れていた。

それである日突然ビロニさんから電話がかかってきたとき、わたしがおぼえたのは喜びよりも驚きだった。彼は長い間の沈黙を詫び、理由として引っ越しを挙げた。不便な、寒い郊外から最近やっとパリ市内に移ることができたのだ。

「ミナも元気ですか」

「元気だよ。きみに会いたがっている」

ビロニさんの明るく弾むような声をわたしは意外な思いで聞いた。なによりも、ミナが元気になったことが嬉しかった。わたしたちは近い再会を約し合った。

それから何日かたって、また電話がかかってきた。年末年始の休暇に自分たちはスペインのアンダルシア地方を旅行するつもりだが、いっしょにどうかと。その地方は以前に訪ねたことがあった。しかし年末に何の予定もないわたしは、ついその誘いにのった。

こうして結局、再会の場所は旅の出発点であるパリのオーステルリッツ駅のカフェとなったのだった。三年ぶりに会うビロニさんは、予想に反しむしろ若返ったように見えた。そのことを言うと、「もともと若いのだ」と応じて彼は笑った。ミナも確かに元気そうだった。無口なのは相変わらずだが、日本にいたころの頬のくぼみは消え、瞳にわずかながら生気が戻っているように見えた。

「ミナは日本を懐かしがって、また行きたいと言っているよ」

とビロニさんは言ってミナの方を見たが、彼女は何とも応じなかった。


気紛れに角をいくつか曲がると小さな四つ辻に出た。居酒屋風の店の入口から赤味をおびた光が路上に流れ出ていた。見ると昼食を取った例の店だった。ここならまあ安全だろう。

「入る？」

黙ってうなずくミナの厚い背中をそっと押して中に入った。

タバコの煙と人いきれで濁った温い空気が肌を包んだ。眼鏡のくもりを拭ってからあらためて見まわすと、九時をまわったこの時刻がやっとこの土地のアペリチフの時間とみえて、カウンターのまわりは寄りつけぬほどの混みようだった。それぞれ好みのグラスを手に二、三人ずつかたまって喋っている若者、勤め帰りの中年男女。母音の多いスペイン語の速いリズムに耳をふさがれ、しばらくは茫然と立ちすくんでいた。

「何か飲む？」

そうたずねてからわたしは慌てて付け加えた。

「オレンジ・ジュース、それともコカ？」

「あなたと同じものを」

その返事にわたしは苦笑した。もうこうなれば仕方ない。ビロニさんの気遣わし気な表情がうかぶのを押しやって、とっさにわたしは言った。

「ではヘレスを一杯だけ」

カウンターの客の肩ごしに注文すると主人が顔を覚えていて、黒い毛の密生した手を差しのべてきた。

なみなみと注がれた二つのグラスをこぼさぬよう運んで、ミナのもとへ戻った。

さあ乾杯だ。明日は去らなければならぬアンダルシアの思い出のために。

グラスを渡し、乾杯の文句を探しているうちにミナはさっさと飲みはじめてしまった。そして一口飲んで「オイシイ」と日本語で言い、わたしの眼を見返し口もとに微笑を浮かべた。童女のような笑顔だった。

こうしてミナと二人きりになるのは何年ぶりのことだろう。たしか以前に岡崎の動物園に行って以来のことだった。気晴らしにどこかへ連れて行ってやってほしいとビロニさんに頼まれわたしは当惑した。ミナをわたしは知らなかった。それまでビロニさんの部屋の中でしか会ったことがなく、話らしい話を一度もしたことがない。「変わっている」ということを除いては性格も、思想も、趣味も知らない。考えあぐねたすえやっと思いついたのは動物園だった。戦争中、少年のわたしはときたま人気のない動物園に出かけて時間を過ごした。そのことをふと思い出したのだった。そうだ、ここがいいとわたしは勝手にきめた。

それはちょうどミナの状態がいくらかいいように思える冬の終わりのことだった。晴れてはいるが風の冷たい二月の午後、園内には人の姿はまれだった。寒風に晒されて、ミナの頰は漂白されたように色を失っていた。きめの細かな肌は粉をふいているように見えた。「猿が島」の前に来たとき、こちらに顔を向けている猿たちを見て「かれらもわたしを変に思っているのかしら」とひとりごとのように呟いたが、その口調は軽く冗談めいていて、わたしは内心ほっとしたのだった。口許に浮かぶかすかな笑み。はじめて目にするミナの笑顔だった。鼻の付根から口許にかけて生じる深い皺。それは笑いというより、感情をおし隠そうとする努力の跡形のように見えた。いまこのコルドバの薄汚い居酒屋でミナが浮かべたかすかな笑みを目にしたとき、わたしは何年か前、さびれた冬の動物園の一隅で過ごした時間のなかでの緊張と安堵を、弱々しい陽のぬくもりを消して行く風の冷たさや、ふと鼻先に漂うけものの匂いなどとともにまざまざと思い出したのだった。

すこし離れたところで急テンポの手拍子が起こった。歌声も聞こえた。客のなかの娘のひとりが即興の踊りをはじめたのだった。まんなかで分け後ろで小さなまげに結った豊かな黒髪。その下のまだあどけなさの残った瓜実顔に大きな瞳だけが妙に大人っぽく情熱的な光を放っている。白と赤の縞のブラウス。黒いスカートの腰に片手を当てがい、もう一方の手を頭上にかざして舞っていた。

「グラナダのフラメンコ……」

そう言いかけて振り向いたわたしの顔の前に、空になったグラスを手に突っ立つミナの放心したような表情があった。わたしは慌てて残りの酒を飲みほした。ピロニさんから許された十五分はすでに過ぎていた。

「さあ、もう帰ろう」

ビロニさんのあやすような口調が、いつの間にかわたしにも移っていた。

店を出ると足が自然に速くなった。宿の帳場には誰もいなかった。カウンターごしに手を伸ばして自分の部屋の鍵を取り、階段の下まで来てわたしは立ち止まった。ふとミナと視線が合った。彼女は黙って手を差しのべてきた。わたしはその手を握った。冷たい、乾いた、厚みのある手だった。

「ボヌ・ニュイ（おやすみ）」

とミナが低い声で言った。

「ボヌ・ニュイ」

とわたしも応じた。ミナは身をひるがえして狭い階段を上って行った。途中で一度立ち止まり、それからまたゆっくりした足どりで上って行った。わたしはその場に佇んだまま、遠ざかる足音を耳で追った。廊下でからんとタイルが鳴り、間もなく扉の軋りがかすかに聞こえた。

「ボヌ・ニュイ」

小さな声でもう一度言ってわたしはその場を離れ、帳場の方へ足を向けた。

どこかでラジオが鳴っていた。パティオの奥をうかがうと明かりがともり、頬ひげの青年の姿が見えた。近づくと、鳴っているのはラジオではなくテレビだった。青年は例のすさまじい廃屋のような一室でテレビを眺めながら帳簿をつけているのだった。壊れかけた古机の上で黒白のテレビが大きな音を出していた。歌謡番組だった。わたしの姿に気づくと青年は招き入れる身振りを見せたが、わたしはそのまま入口に佇んで眺めていた。ときおり画像が乱れる。青年はすぐ立って行ってテレビの頭をどんと叩く。すると画像は元に戻った。

「寒い《フリオ》」

ただ何か言いたくてそうつぶやいてみた。

「フリオ」

青年はテレビから目を離さず上の空で応じた。

「ブエナス・ノーチェス（おやすみ）」

しばらくしてそう挨拶してわたしはその場を離れ、階段の下までやって来た。そこで急に気が変わり、ふたたび外へ出た。部屋の鍵を持ったままだと気づいたが、かまわずに先程と同じ道を引き返した。店の客はすでに大方引き揚げていて、カウンターのそばは妙にがらんとした感じに空いていた。ついさっきは握手で歓迎してくれた主人は、今度はよそよそしく見えた。ウィスキーを注文した。わたしは苦い薬を飲むような気持でそれを飲みほした。

宿に帰ったとき、テレビの音は止んでいたが奥の明かりはついたままだった。足音を忍ばせて階段を上った。タイルを鳴らさぬように足元に注意しながら廊下を進んだ。ビロニ夫妻の部屋から明かりが洩れていた。しかし話し声は聞こえなかった。

暖房のない部屋は寒かった。二つあるもう一方のベッドの毛布を剥ぎ取り二枚に重ね、その上からさらにベッドカバーやコートなどをかぶせて寝た。

夜は静かだった。車の音ひとつ聞こえなかった。深い静寂がかえって眠りを妨げる、そう考えているうちに何時しか眠りに入っていた。どれほど経ってからだろう、廊下に足音がしたようだった。やがて鍵が荒っぽく鳴り、扉を開け閉めする音がひびくのを夢うつつのうちに聞いた。あの女だ……次の瞬間また眠りにおちた。

さらば、アンダルシア

いつものようにビロニ夫妻とは別行動をとることにして、ひとり宿を出る。

今日も朝からコルドバの町の上には見事に晴れ上がった空が輝いていた。朝靄に曇らされることなく、夜明けと同時に磨き出されたようにつややかな、深く澄んだ青。その青い帯は、まだ冷い影に包まれたどの小路からも仰ぎ見ることができた。今日もまた青空がどこまでもついてくる。そう思うと、胸のなかまで明るくはなやぐようだった。

昨日ビロニさんたちが見物したという回教寺院を訪れてみた。ここには前にも来たおぼえがある。寺院の前の「オレンジの庭」にはその名のとおり、濃い緑の枝葉の間から大きな実がいくつものぞいていた。地面にも転がっていた。昔はみそぎをするのに用いられたという池の面にも、水を吸ってむくんだオレンジの実がいくつも浮いていた。

寺院の影にすっぽり包まれた庭の冷気の中を、カメラをもった観光客が精勤に動きまわっている。

なかに入ると、ほんのりとした温もりが肌を包んだ。人影はなく、ただどこかで足音が小さく響くばかり。紅白の縞模様の馬蹄型アーチの重なりの下をくぐって行くと、時間をさかのぼって十年前の記憶の中に分け入るような不思議な感覚におそわれる。

堂内を一巡し、中央に戻って内陣の天井を仰ぎ見ていると、ふとどこかから、静かな音楽が聞こえて来た。その方へ足を向けた。混声の合唱曲。立ち止まって耳を傾けた。ペルゴレージの「悲しみの聖母《スターバト・マーテル》」。十八世紀イタリアの作曲家とこの回教寺院との間にどんな因縁があるのか。しかし深い悲しみをたたえた混声の調べは、きびしい殉教の国スペインにふさわしいように思えた。昨日の午後、ビロニ夫妻もここでこの曲を聞いたのだろうか。ミナは大丈夫だろうか。いまはどのあたりを歩いているだろう。

しばらくの間、森閑とした寺院の石床の上に佇んで音楽に聞き入っていた。ひところわたしはこの曲を毎日のように聞いていた。それからばったり聞かなくなって、いま思いがけなくコルドバの回教寺院の中で耳にする。音楽が先回りして待ちうけていたような気がした。

寺院を出て、もとアラビア王の宮殿だったというアルカザール宮殿を訪れた。建物の内部をひとめぐりした後大きな石段から回廊へ下り、さらに中庭《パティオ》に出た。ここにも人影はなく、かわりに濃い緑のなかにオレンジの実が冬の陽を浴びて黄金色に輝いていた。花なき季節の花だ。そしてその上方に、王宮の白壁にくっきりと区切られた深い紺青の空。ああ、アンダルシア。

日差しの温みのなかに、しばらく放心したように立っていた。

パティオの中央を横切る大理石の通路に、地面すれすれに直径一メートルほどの水盤が二つ設けられてあり、その中央の黒く錆びた鉄の口から水が湧き出ていた。溢れ出る水はきらきら光りながらそばの大きな長方形の溜池に流れ込んでいる。

回廊の柱のかげから三つか四つぐらいの男の子が姿を現した。金髪の、色の白い子だった。水盤の縁にかがみ込み、ちょっとためらってから膝をつき、片手を水につけ、その手を頬にもって行った。それから水の湧き口へ顔を伏せた。顔を上げてわたしと目が合ったとき、白い頬に浮かんだ小さな笑くぼが、波紋の照り返しのように見えた。

こうして午前の時間は過ぎた。宿でビロニ夫妻と落ち合い、勘定をすませた。出かけようとすると、送って出て来た主人が三人の手をつぎつぎ握った。それから一段と力をこめてわたしの背中を叩き、嬉しそうに笑いながら例のだみ声で「アディオス！」と叫んだ。「アディオス」と応じながらわたしの顔はきっと苦笑にゆがんでいたにちがいない。

昼食を前夜のレストランで簡単にすませてから、ふたたび歩いてバス・ターミナルへ向かった。着いたとき同様、ミナが本の詰まった鞄を下げ、上体を傾けてひとり先を行く。その後から、わたしとビロニさんが肩を並べて黙々とついて行く。

バスの発車時刻まで駅の構内の喫茶室で待った。宿の払いは済んだし、汽車の切符は買ってある。あとは四度の食費だけ。ビロニさんも多少は気持のゆとりが出来たようだ。

カウンターのそばのテーブルに坐った。床には角砂糖の包み紙が散乱し、べとついたテーブルには蠅が何匹もとまっていた。

「昨夜ミナと話したのだが、ここで暮らせたらどんなにいいだろうな」

テーブルの上を少しずつ移動する蠅をながめながらビロニさんが言った。

「われわれはフランス語の教師をする。きみは日本語を教える。どうだ、いい考えだろう」

本当にそんな夢みたいなことを考えているのか。ミナの方を見ると、話の外にいてタバコを吸っていた。

お茶を飲み終わりバス乗場の方へ行くと、すでに「グラナダ」と行先の標示の出ているバスが横づけになっていた。突如、時間が旅の終わりに向かって流れを速める。係員が近づいて来て、ビロニ夫妻のスーツケースを車の胴体にてきぱきと積み込むのを待って乗車した。指定席の番号がとんでいたので、わたしは二人とは離れて坐ることになった。

バスの外に二人の尼さんが見送りに来ていた。ひとりは紺のツーピース、丸首の白いセーター、頭に服と同色の布を被り、もうひとりは私服に被りものをつけているだけだった。車内のだれかに向かって身振りをまじえて話しかけては笑っている。口が活潑に動いているのにわたしの座席からは声は全然聞こえない。ジェスチャーごっこをしている無邪気な娘さんといった印象だ。わたしのすぐ後ろに向けられている彼女たちの視線がどうかした拍子にこちらに向けられると、自分が話しかけられているような錯覚におちいり、どきりとする。振り返って見るが、座席の背が高いので後ろの乗客の顔は見えない。座席の窓硝子の表面にぼんやり映っている被りものから想像するしかない。正月の休暇にでも帰る修道女だろうか。

つぎつぎと土地の人が乗り込んできて、座席が埋まっていく。後部席のビロニ夫妻は背を真直ぐ伸ばし、前方を向いたまま他人同士のように口を利かずにいるようだ。

定刻の四時半にバスはほぼ満員で発車した。見送りの尼さんたちの身振りが激しくなる。笑いこけながらしきりに口を動かしている。ついわたしまで手を振りたくなるのをこらえて眺めていると、肱をつつかれた。隣の農民風の赤ら顔の男がタバコをすすめている。断ると、「ハポネス？」とたずねる。「そう《シ》」とスペイン語で答えると、早口で喋りかけてきた。解らない、とこれは身振りで謝る。

街を出ると、やがてバスは丘陵地帯のゆるやかな斜面を蛇行しつつ上りはじめた。左右にひろがる牧草地の緑がつきると、深く耕された畑の土が見えてきた。家も人の姿もなく、ただどこまでも続く黒土。それからオリーヴ畑。また何もいない牧草地。丘の上に見えている空は西陽を吸収して輝きを弱め、その分だけ色を深めたようだ。

日影に入ると、車内が急に日が暮れたような暗さに変わった。空は明るいが、もうそんな時刻なのだ。ふと気がつくと車内はしんと静まりかえっている。運転台のそばで喋っている車掌の姿が妙に生きいきと、頼もしくさえ映る。けだるさが全身にしのび寄る。同じ道を旅の終わりに向かう気の重さ。——グラナダまで四時間、そこから寝台車でマドリッドへ、そしてその日の夜また寝台車でパリへ。残りの一昼夜の時間が重く覆いかぶさってくる。

「帰りたくない」、そう呟いたミナの思いつめたような声がよみがえってきた。それはこの旅の間に彼女が口にした唯一の言葉のようにわたしの胸に残っていた。リューマチを病むビロニさんの老体同様、あるいはそれ以上にアンダルシアの光と温かさを必要としているはずのミナ。肌を、こころを十分温めるひまもなく、ふたたび「太陽の門」を逆にくぐって戻って行く暗い冬のパリ、そこに何が、どんな生活が待っているのか……。

帰りたくない。その文句をわたしは胸のうちでミナの重い口調で繰り返してみる。〈帰りたくない〉。……

後ろの座席の尼さんがくしゃみをした。立て続けにした。静まりかえった車内に大きくひびく。鼻をかむがくしゃみは止まらない。アレルギー性の発作だな、見送りの仲間が悪口でも言っているのか、などと考えているうちに気の毒になってきた。本当に止まらなくなってしまった。気の毒を通りこして心配になってくる。神さま、くしゃみを止めてあげて下さい。……

……いつのまにかわたしはまどろんでしまったようだ。だがその間にわたしの願いは聞き入れられていたらしい。目を覚ますと、もうくしゃみは止んでいた。

バスはすっかり影に包まれた丘陵地帯を依然ゆるやかなカーブを描きながら走りつづけていた。静まりかえった車内に小さなライトがともり、すっかり夜の気配に包まれている。隣の赤ら顔は両足を通路に伸ばし、腕組みして眠りこけている。時刻は六時を過ぎたところだった。日没間際の乳白色の空のはるか彼方にコルドバは去ってしまった。回教寺院の紅白の縞のアーチも、アルカザールの中庭《パティオ》も、「赤獅子館」の主人の馬鹿笑いも、すべて過去の中に呑み込まれていた。目を閉じ、瞼の裏に白壁に当る日の光を、濃い緑の中にのぞくオレンジの黄金色を、その上に仰ぎ見た深い空の碧さを呼び戻そうとあせる。旅とは一体何だろう。そして生きるとは。

後ろの尼さんが今度はしゃっくりを始めた。くしゃみの発作の後遺症。ほんとにこのひとはついていない。……突然、静まりかえった車内に「蛍の光」の調べが中途から流れ出す。運転手がラジオのスイッチを入れたのだ。そうだ、今日は大晦日、一九七七年最後の日だ。ホセ・アントニオ広場に早々と輝いていた「祝一九七八年」のイリュミネーションを思い出した。尼さんのしゃっくりは、何時までも止まらない。こらえようとしてかえって妙な声になる。おお、神さま。……

ラジオのアナウンサーが感情のこもった声で何か叫んでいる。〈一九七七年も余すところ数時間となりました〉。——つい頭の中で日本調に訳している。「蛍の光」の旋律が一個所、日本で聞くのと半音ばかり違っていて、それが旅の情緒をそそる。別れの時。この国の歌詞でも「蛍の光」は多分再会のねがいを歌ったものであろうが、わたしには別れを惜しむ歌だ。さようなら一九七七年。さようならアンダルシア。わたしは忘れないだろう、あの空の深い碧さを、あの光あふれる明るさを。そう胸のうちで呟くわたしの感傷を乗せてバスは走る。変わることのないビロニさんの温厚な微笑、深まりゆくミナの孤独な沈黙、眠りこける農民の頑健な肉体、しゃっくりの止まらぬ尼さんの限りない困惑を乗せて走る。たそがれた冬のアンダルシアの丘の間を旅の終わり、新しい年の始まりへ向けてひたすら走りつづける。

ローマ日記

一九六七年六月×日

午後三時、ローマ終着駅に到着。広壮なドームにおおわれた明かるいがらんどうのような駅舎。これがローマの中央駅かとおどろきながら、教えられたとおりＣＩＴ《チット》（イタリア交通公社）を探し出して硝子戸を押す。カウンターには五十くらいの、痩せた無愛想な女性が立っていた。フランス語が通じることを確かめ、「ペンシオーネ・メヴィオ」に部屋があるかどうか問い合わせてほしいと言ってそのホテルの名刺をさしだすと、ちらと一瞥をくれただけで顔をそむけ、乾いた口調でただひとこと「知りませんね」と答えた。

「ペンシオーネ・メヴィオ」（メヴィオ館）というのは、出発前にさる人からすすめられた三食付のホテルである。安いうえに主人の女性はフランス語ができ親切で雰囲気も家族的だから、ローマを訪れたらぜひここに泊まるようにと、アドレス入りの名刺までくれたのだが、ここでは取り扱っていないらしい。

その一枚の淡黄色の名刺と、駅から歩いて行けるという紹介者の言葉をたよりに駅前広場をわたり、目じるしとして教えられたレプブリカ広場というのを探しながら歩きはじめる。

初夏の午後、燦々と降りそそぐ明るい陽光。たちまち汗ばみはじめる。車、車、ことにバスがやたらに多い。騒音。すすけた古い建物の壁にこだまするオートバイの耳を聾するばかりのエンジンの音。

レプブリカ広場に面したカフェのテラスに腰をおろし、ビールを飲む。べつにビールが飲みたかったわけでなく、道を訊ねるのが目的だった。それなのに若いボーイはフラヴィア通りを知らないと言う。結局、交通巡査に訊ね、その通りはすぐ近くの、九月二十日通りという大通りと並行した裏通りだと教えられる。すぐそばなのに、なぜあのボーイは知らないなどと言ったのだろう。まさかチップが少なかったからではあるまい。こうした例はパリでもよくある。

フラヴィア通り＊＊番地。交通公社での扱いから予想はしていたものの、スーツケースを提げ額の汗をぬぐいながらやっと尋ね当てたのは、どす黒いよごれた古い建物だった。そのてっぺんを仰ぎ見ているうちに笑いが込みあげてきた。こんなところにタクシーを乗りつけなくてよかった。

黒々と陰気な口を開けている入口、その上方にぶら下がるいくつか看板の一つに「メヴィオ館　七階」とある。ここだ！　だが七階といえば最上階、下からではどんな宿かまったく見当がつかないのだ。看板から察するに、このほかにも二、三、同様の安宿がこの建物の奥深くに姿をひそめているらしい。

いったん建物の前に立つと、もう他にさがすのが億劫になってここに決めてしまった。負け惜しみではないが、制服姿のボーイがうやうやしくドアを開けてくれる一流ホテルよりも、こんな木賃宿のようなところのほうが気楽でいい。

倉庫のような暗い入口ホールに入ると、エレベーターが目についた。うらぶれた建物の外観からすれば意外である。エレベーターのボックスにおさまりボタンを押す。なんの反応もない。何度やっても結果はおなじ。操作の間違いか。それとも故障か。あっさり諦めて、暗く狭い階段をスーツケースをぶら下げて七階まで歩いて上る。ところが途中でふと見ると、透けてみえるケージのなかをエレベーターがひとりの男をのせてゆっくり昇っていく。あれ？　どうなってるんだろう。

×日

休養の一日。

終日ベッドにひっくりかえって、ローマの市街地図をながめたり居睡りしたりしながら過ごす。

閉めきった鎧戸の、木の部分がところどころ朽ち落ちていて、そのすき間から忍びこむ陽ざしのせいで部屋のなかは明るい闇といった感じだ。午後の時間がすすむにつれ熱気がこもり、ベッドに横たわっていると汗ばんでくる。起き上がり、鎧戸を開ける。窓の幅いっぱいに流れこむまばゆい光。風に窓硝子が鳴り、枕もとの地図が吹きとばされて床に小さく舞う。

今日も快晴だ。この七階建のてっぺんから仰ぎ見ると手に触れんばかりの間近さに紺碧の空。建物にはさまれたその青い帯を背に、屋根をかすめるようにして飛びかうツバメの群。今朝早くわたしを目ざましたのはこの鳥たちだったのだ。夢うつつのうちに耳にしたキーキーという、まるでネズミの群を思わせるけたたましい鳴き声。

風に震える窓硝子を手でおさえながら、なおしばらく外をながめる。だが見えるのは、どれも同じように古く、同じようにどす黒く汚れた七階建のビルばかり。そしてどの窓も鎧戸が閉まっている。ただ五階にひとつだけ開いているところがあって、なかが見える。仕立屋か何からしく、台のうえにかがみこんでいる中年の女の姿が見える。仕立屋というより仕立物の内職といったところか。

女はわたしが見ている間中、一度も顔を上げなかった。

まわりを見回しても、見えるのは黒く煤けた壁と陽に照らされてかがやく屋根ばかり。この視界をさえぎるうす汚い建物のかなたに、永遠の都ローマが古い遺跡の数々をしたがえて拡がっているはずだが。まあ、焦ることはない。明日からぼつぼつ見物に出かけることにしよう。

わが宿メヴィオ館の様子が大体わかってきた。

部屋数は六つか七つ、多くても十をこすまい。食堂には小さなテーブルが六つとテレビが置いてあり、宿の者も客といっしょにここで食事をする。たしかに家族的だ。一つだけあるシャワー室は洗濯場兼用らしく、昨夜、たらいに漬けた下着を発見した。

水はけが悪く、石鹸や垢の浮いた湯がたまって池のようになる。湯が出るだけでもありがたいというべきか。

入口から入ってすぐのところがロビーになっている。小さなテーブルとバネの死んだソファと椅子が二つ。テーブルには、表紙のとれた古い週刊誌のたぐいが乱雑に置かれている。日中も暗くて陰気だ。灯りを点けて新聞を拾い読みしていたら、主人のマダムが消してしまった。

ここのマダム、イタリア語ではシニョーラはたぶん六十すぎの、乳牛のようにたっぷりした胸の女性で、いつもしかめ面をしているが根は善良そうだ。泣きべそをかいているように見えるのは、かなり下がっている眉のせいだろう。

昨日の午後、七階まで歩いて上がり、息を整えてから、思い切って入口の硝子扉を押して入ると、暗いロビーのほぼ中央に水色のワンピースを着た老女が立っていた。わたしの姿を見るなり、まるで待ち構えていたように彼女は二、三歩進み出て手をさしのべ、にこりともせず、それどころか悲しげな顔つきで「ボンジョルノ」と言ったのだった。面くらったわたしは「ボンジュール」とフランス語で返し、以前にここに泊まった日本人から紹介されてやってきた旨を、とぎれとぎれに口にしはじめた。ところがフランス語がわかると聞いていた相手のフランス語が、じつはイタリア語のあいだにフランス語の単語をまじえた程度のものなのだ。どうも話がうまく通じない。

　すると、急に女主人はロビーに面した部屋のドアをノックもせずに開き、ベッドに寝そべっていたらしい人物を呼んだ。ズボンのベルトあたりに手をやりながら慌てて出てきたのは若い男だった。彼はまずイタリア語で挨拶してからフランス語に切りかえようとしたがうまくいかず、やがてあっさり諦めると今度は「キャン・ユー・スピーク・イングリッシュ？」と訊きかえした。

　彼は英語のほかにすこしはフランス語も話せるらしい。ボーイでも客でもないこの得体のしれぬ人物の通訳によって交渉はなんとかまとまり部屋に案内されて、ともかく一応身を落ち着けることができた。

　やれやれとベッドに長々と身を横たえていると突然、荒っぽくノックする音がして、返事も待たずに黒いスポーツ・シャツを着た小柄な青年が飛びこんできた。入ってくるなり彼は歓声を発しながら手を差しのべた。びっくりしてはね起き、つい釣られて差し出したわたしの手を、毛ぶかいがっしりした手が握りしめた。細面に黒々とした太い眉毛と吊り上がり気味の大きな眼、真黒の固そうな髪毛。彼は自分とわたしを交互に指さして「アミーコ、アミーコ」と繰り返しながら今にも踊りださんばかりだ。彼がブロークンな英語で説明するところによると、以前にここに泊まった日本人と自分は友人《アミーコ》だったから、その紹介でやってきたおまえさんともアミーコだ、と言っているらしいのである。

友情はうれしいが、こういうイタリア式というか大げさな感情の表出にはまったく面食らってしまう。

この青年はアルベルトといい、ここメヴィオ館の支配人兼ボーイといったところらしい。あの精悍な面構え、機敏そうな小柄な肉体。こういうのはきっとしたたかな男にちがいない。アミーコになっておくにかぎる。

もう一人いる。下働きの老婆だ。これは主人とは逆に痩せて腰が曲がっている。廊下や部屋の掃除などを黙々とやっているが、挨拶をしてもいつも上目遣いに怖ろしい顔でにらみつける。この宿屋の暗い内部にひそむ陰気な存在だが、とくにだれかを恨んでいるのでもなさそうだ。おのれの運命を嘆いているのか。

客はわたしひとりのようだ。

×日

客は自分ひとりと思ったのはまちがいだった。着いた日に英語で通訳してくれたあの得体のしれぬ男、彼も客なのだ。今朝、食堂で顔を合わせると「グッモーニン」となれなれしく言葉をかけてきたのでしばらく談笑した。談笑といっても、この「談」は英語とフランス語のチャンポンであり、「笑」の半分以上は、よくわからぬところをごまかしたあいまいな笑いなのだ。ゆっくりしゃべってくれるのだが、彼の発音にはくせがあって、たとえば day をダイ、pay をパイと訛ったりするので面食らう。

この男、名はロバートといい、国籍はイギリス。現在は南アフリカに住んでいるそうな。初対面からあまり立ち入ったことを訊ねるのは気が引けたが、ついでに職業を訊ねたらポケットから名刺を取りだした。みると「ロバート・ハーディ　フォトグラファー」とある。住所はケープ・タウン、＊＊ストリート、＊＊番地。どんな写真をと訊ねると広告写真だと答え、急いで話題をそらせて日本のカメラの優秀性を褒めはじめた。いま使っているカメラは日本製だが、それまで使っていたドイツ製のものよりも優れている、云々。取材のための旅行かと話をもとへもどすと、そうではなく、ミラノにいる友人に会いに行くところだと言う。

最初会ったとき、わたしはこの男を宿のボーイか家族の一員かと錯覚した。また、客とわかってからもボーイのアルベルトと親しげに口をきき、アルベルトのほうもイタリア語風に「ロベルト」などとなれなれしく名を呼んでいるところから、長逗留の客だろうとにらんでいたのだが、実はわたしの二日前に着いたばかりなのだ。仕事ではなく観光のためでもない。ではこのローマの裏街の七階のてっぺんにあるこの安宿に、何のために泊まっているのだろう。

「ピアッツァ・ディ・スパーニャをまだ見ていないので、それを見ようと思って」

何だ、そのピアッツァ・ディ・スパーニャというのは。

とにかくちょっと変わった男だ。

×日

ねむい。どうしてこうもねむいのだろう。きっとあのツバメの鳴き声のせいだ。今朝も五時ごろに目をさまされ、しばらく寝つけなかった。断え間なく鳴きつづけるのでなく、群が遠ざかると一旦静寂にもどるから困るのだ。いつのまにかまた眠りこんで、つぎに目をさましたら九時半。おまけにロバートとの「談笑」に時間をつぶしたりして、これでもう午前中はおしまいだ。

昼食までの間ベッドに寝ころんで日記をつけたり、ガイドブックで「ピアッツァ・ディ・スパーニャ」(スペイン広場)というのを調べたりして時間をつぶす。この広場には十七世紀につくられた舟形の泉があり、スペイン大使館があったのでこのように呼ばれる。とくにここには広壮な石段があって、その眺望がすばらしい、云々。

広い石段——ああ、そうだ、『ローマの休日』。あの冒頭のシーン、ヘップバーンがアイスクリームをなめながら降りてくるあの石段がそれだ。まだあったぞ。テネシー・ウィリアムズの小説『ストーン夫人のローマの春』。これも冒頭の部分だ。夕暮れの石段にたたずんで、一人の青年がそばのホテルを見上げている。すると何階だかのバルコニーに、黒い毛皮のコートを着た二人の女が姿を現す。その様をウィリアムズは、あたりを睥睨する二羽の巨大な怪鳥にたとえていた。そしてその青年、たしかパオロという名のすごい美青年は、女の眼の下で立小便をするのだ。——そうだ、あれもピアッツァ・ディ・スパーニャにちがいない。この場所は映画や小説でよく用いられるらしい。一度見ておいてもよい。

午後二時に昼食。安ブドウ酒をたっぷり飲み、部屋にもどって寝ころんでいるうちに眠ってしまう。目がさめたら四時半。まだ陽は西の空に高い。時間は十分ある。さあ、行動開始。

名所旧蹟が多すぎるので、どこから始めてよいかわからない。とにかくこれも何かの因縁だろうと、ピアッツァ・ディ・スパーニャをまず訪れることにきめる。『ストーン夫人のローマの春』みたいな事件は期待すべくもないが、イタリア自慢のジェラートをなめながら石段を上り下りするくらいのことならわたしにもできるだろう。

道順を教えてもらおうと思ってロビーをのぞいてみたが、だれの姿も見えない。まだ午睡の時間が終わっていないらしい。タクシーを利用するのはひかえたほうが賢明だ。なにしろローマ市内は一方通行がやたらに多く大変な遠回りをされ、法外な料金を要求されるおそれがあるという。

ためらいがちにアルベルトの部屋のドアをノックする。返事はない。細目に開いているドアの間からのぞくと、鎧戸を閉めた薄闇のなかに眠っている姿が見えた。腕をかるく曲げ、シーツを胸のあたりに抱きこむようにして。二の腕に黒々と生えた毛が、白いシーツのせいで妙になまなましくうつる。無心に眠っている安らかな寝顔からはあの精悍さは消え、幼な子のような無邪気さがかすかな微笑となって口もとに浮かんでいる。それをながめているうちに起こす気が失せて、わたしは退散した。

宿のなかはしんと静まりかえっている。アルベルトだけでなくシニョーラも、おそらくはロバートも午睡をたのしんでいるのだ。ひとり起きて家のなかをうろうろしている自分が恥ずかしくなってわたしはベッドにもどり、ふかい溜息をつく。

この宿屋によどんでいる懶惰の空気にわたしもすこし感染したようだ。まだ二日しか経っていないのに、早やメヴィオ館の一員になった気分なのだ。朝、宿の主人と顔を合わせると「ボンジョルノ、シニョーラ」とイタリア語の挨拶の言葉が口に出たりするのもなんだかおかしい。そう口にした瞬間、わたしは現実の自分から抜け出し「メヴィオ館」という芝居のなかの登場人物のひとりになったような、どこかふわふわした気分に包まれるのをおぼえるのだ。


夕方、新聞を買いにちょっと外出する。ベッドに寝ころんですごす無為の生活のなかでわたしの唯一の日課といえば、日記をつけることと、一日おくれのフランスの新聞ル・モンド紙を買いに表通りの売店まで毎夕出かけることである。一触即発の危機をはらんだシナイ半島の情勢が気になるのだ。古代ローマの遺跡などよりも、国際政治の渦中におどるナセルやダヤン、火花を散らす米ソ両国の外交戦のほうが興味がある、というのが本音だろう。フランスの新聞を読みにはるばるローマまでやってきたようなものだ。

日課はもうひとつある。新聞を買うついでに絵葉書を買ってきて、日本の家族や友達に便りをしたためること。そのおかげで、まだ一目も見ないローマの名所旧蹟をひととおり見物したような気にふとなる。

×日

今日はうっかりして小銭を使いはたし、また七階までとことこ歩いて上る羽目におちいった。

書くのが遅れたが、ここのエレベーターは十リラ貨を入れないと動かないのだ。こんなのに出会ったのははじめてだが、金を入れないと映らないテレビだってあるのだから驚くにはあたるまい。そうはいうものの、小銭の用意のないときはうんざりする。これもわたしを出不精にした理由かもしれない。

軽いアルミ貨を金属の小箱の口へさしこみ希望する階のボタンを押す。カチャという硬貨の落ちる音と同時にゆるゆるとエレベーターが上昇しはじめる。入口のドアには透明なガラスがはまっているから、通過する各階の入口の様子が見える。どの階の廊下も小さな螢光灯がともっているだけで、暗く陰気だ。二階と、四階か五階あたりに「ペンシオーネ」の看板を出している家があり、そこを通過するたびにわたしは複雑な気持におそわれる。それは後悔とも諦めともつかぬ感情だ。二階を通過するときは、ここにすればよかった、小銭の心配がいらないしと思い、四階を通過するときは、そこの「ペンシオーネ・メジチ」とあるドアが小ぎれいに映り、あのドアの奥には明るい電光に照された快適なホテルのロビーがにこやかに客を迎え入れてくれる、といった幻想がひらめくのだ。なぜここにしなかったのか、わざわざ七階のてっぺんの、あの暗い、「メヴィオ館」に決めたのか。その後悔とも諦めともつかぬ気持を追いかけるようにして、「今からでもおそくないぞ、宿を変えたらどうだ」と実行をうながす声がささやく。いやいや、もう変えたくない。これがおれの運命なのだ……。わたしは目をつむる。エレベーターはのろのろと上昇する。何時まで動いているのか。目を開くと、さらに薄暗い階をいくつか通過した後にやっと、そこだけ妙に明るい階が目の前にゆるゆると降りてくる。そこは廊下の天井が天窓になっているので、他の階とは比較にならぬほど明るい。そしてその磨硝子に濾された柔らかな光の中に、この建物のなかでもっとも不便な、おそらくもっと暗く陰気なわがメヴィオ館の入口が現れる。

×日

今朝、シニョーラに「ピアッツァ・デイ・スパーニャ」への道順をたずねたが要領をえない。市内見物をしたいのだと言うと急に、それなら観光バスにしなさいと熱心に勧誘しはじめる。いろいろな会社があるが、うちが契約しているA社はフランス語のガイドが付くし、この建物のまえまで迎えに来てくれるからぜひそれにするよう、と今にも電話で申込みそうな気配である。

「ね、これにおし」。泣きそうなシニョーラの表情に負けそうになるのをこらえ、調べてから決めるから、パンフレットでもあれば見せてくれと言うと、あちこち探していたが、やっと、余白にボールペンで何やら落書きのしてある古いものを見つけてきた。勧誘するのなら、資料のパンフレットくらい揃えておけばいいのに。

とにかく、直接そのA社とやらに出かけて様子を見ることにする。

昼食後、ひと眠りしてから目抜き通りのヴィットリオ・ヴェネト通りにあるA社へ出かける。広い静かなボンコンパニ通りを行くと、左手に塀にかこまれた広壮な屋敷がつづく。黄色い壁の古風な建物。塀のところどころにある小門には見張りの警官が立っている。だがどこかのんびりした印象をうける。一体にイタリアの警官がどこかバスの車掌を思わせるのはなぜだろう。帽子や服装もそうだが、腰にだらりとぶらさがっているピストルの革ケースが車掌のカバンを連想させるからか。

ヴィットリオ・ヴェネト通りに出ると、その壮大な邸の正門が見えた。大きな星条旗。そうか、アメリカ大使館か。

結局、シニョーラ推奨のA社で観光バスの席を予約することになる。終日コースというのは敬遠して、まずは試しに午前中だけの半日コースを選ぶ。明日、午前九時、会社の前に集合。やっとひとつ仕事をすませたような気分だ。

売店でル・モンド紙を買ってから、ヴィットリオ・ヴェネト通りをすこしぶらついてみるが、いろいろな航空会社のオフィスばかりが並んでいるようなので早々に引き上げる。

宿のロビーの小テーブルで、ロバートが古い週刊誌のページをめくりながらひとり酒を飲んでいた。わたしの顔をみると「ヘロー！」と声をかけ、バネの死んだソファのそばに場所をあけて、いっしょに飲まないかと誘う。トスカーナ産の赤だが、びんのレッテルはいかにも安酒くさい。部屋にもどってもべつにすることはないので、付き合うことにする。

まったく変な男だ、この南阿連邦の男は。年は二十八といい、今日は白い短ズボンなどスポーティーな格好をしているが、体全体がどこか年寄りくさい。日焼けして頬のところが赤くなった子供じみた顔。しかし額には皺が三本、そして笑うと目尻にも小皺が寄る。眼は下がり気味。髪は褐色で禿げてはいない。何よりも老人くさい印象をあたえるのはその手だ。むくんだような肉づき、しみの浮いた生白い肌。しかもその表面が乾ききっている。手だけでなく、どこか子供っぽい顔の皮膚も、ぽってりと女のような肉のついたももからふくらはぎにかけての皮膚も、一様にかさかさなのだ。二十八歳の若い肉を包んだまますでに表皮から老いはじめている。

「今日は十一時まで寝ていたよ」と言って彼は笑う。昨日の午後は、題は忘れたがユル・ブリンナーの出る新しいフィルムをみたそうだ。「ユル・ブリンナー、知ってるでしょ」。それから早口で何やらつぶやいた。かと思うと、「コミュニズムをどう思う？」などと唐突な問を発し、こちらの当惑などそしらぬ顔で「わたしは資本家だから反対だが、貧しい人間にはコミュニズムはいいものだ」と自問自答して、いたずらっぽい眼でわたしの顔を見つめるのだ。

やがて日が暮れはじめる。するとこれまた変な女性が姿を現し、ロビーや食堂に腰をすえておしゃべりに加わる。毎晩のことだ。年は四十五、六。テンガロン・ハットのような、つばの広い緑色の帽子をかぶっている。イミテーションらしい大粒の真珠の首飾り。手首にも三重の真珠の飾り。風呂上がりに厚化粧したような白い肌。ぽってりした顔に光る小さな眼。

彼女はゆるやかに扇で風を胸もとにおくりながら、広い帽子のつばの下からロバートやわたしのほうへちらちらと視線を送る。ときにはわたしたちの話に口をはさむ。二人が早口でしゃべりはじめると付いていけない。あれは一体何語だ？　彼女はフランスにいたことがあると称し、わたしとはフランス語でしゃべる。時おりわたしの発音を直すが、その方が間違っていて、今日も「repas《ルパ》」（食事）と正しく発音したのに「レパ」と直された。

宿のシニョーラはその女を「マリア」とよんで親類のように遇している。今日は夕食をたべていった。

夕食後、ロバートにさそわれて酒を飲みに出かける。うまいイタリアの酒が飲みたいと口をすべらせたからだ。

メヴィオ館の建物の裏通りにある小さなバールに入り、ロバートが推奨するフラスカティを注文するが、ないと言う。ではあるやつをとたのむと、大きなグラスになみなみと赤を注いでくれた。これがまたまずい。宿で出すやつと同類の安酒らしい。ロバートが気の毒そうな顔でしきりにあやまり、白にしよう、そのほうがうまいはずだと言って勝手に注文する。これも同様にまずい。

ロバートは金がなくておもしろくないとこぼす。ミラノの銀行に送金しておいたので、いまローマのほうへ回してもらっているのだそうだ。そらきた、金がとどくまで少し貸してくれないかとくるんだろうと警戒したが、そうではなかった。それどころか、その店の勘定は自分が誘ったのだからといってわたしには払わせないのだ。

その夜、バールのスタンドにもたれながらロバートから聞いた奇妙な打明け話。

彼は一度結婚したことがあるのだそうだ。しかし結婚した日の夜、飲みすぎて「何もしなかった」。その翌日「脚の血管が破れたので」手術するために入院した。二週間後に退院して家にもどってみると、妻が女友達を部屋に連れこんで「レズビアンの行為」にふけっているのを発見した。それですぐ別れたがこれは離婚ではない。二人の間に「セックスの行為」は一度もなかったのだから。ところでこの女は最初から男性に興味はなく、ただイギリスのパスポートが目当てで自分と結婚したのだ、云々。

何だかおかしな話だ。結婚の翌日に「脚の血管が破れた」というのは何のことか。大酒と関係があるのか。

そもそも何故こんな打明け話をわたしにするのだろう。まるで他人事のように淡々と物語る口調や表情もどこか変だ。

翌日

午前九時、昨日とおなじ道を歩いて観光バスのA社に向かう。あわてて宿を出たので途中で便意をもよおし、会社のオフィスの便所を借りる。下痢気味。昨夜飲みすぎたせいか。いやな予感。

バスはいくつか空席のまま定時に出発。まず、ローマでもっとも立派な公園と称せられるヴィラ・ボルゲーセのそばを通りすぎる。半日コースだからいちいち下車するひまはない。バスの窓から大きな松の木が見える。これが有名なローマの松だという。しかしこれくらいの松なら、日本のどこでも見られるだろう。

古代ローマの円形闘技場の廃墟。最初にうかんだ感想。——甲子園球場の規模にはおよばんなあ。戦災にあったビルの廃墟のほうが迫力がある。

フォーラムの廃墟で。

大半はアメリカ人の、それも老夫婦または未亡人らしい観光客のうしろからついて行く。ガイドは五十四、五の女性で、紺と白のチェックの派手な麦藁帽子をかぶっている。十二枚一組のスライドをぱらぱらひろげて見せながら付きまとう男たち。ローマのいたるところで見かける物売りだ。われわれ一行を従えたガイドの姿を認めると、その物売りのひとりがさっと寄ってきて、「ローマ名所めぐり」といった風の色刷りの小冊子をさしだす。

毎度のことらしくガイドは気軽に受けとり、それをめくりながら英、独、仏の三カ国語で説明をはじめる。小冊子には、このフォーラムの往時の想像図と現在の姿とが極彩色で印刷されてあり、ガイドはその両者を比較しつつ説明をつづけているらしいがよく解らない。なにしろ肉声だから声が散って聞きとりにくいうえに、頭上をジェット機の編隊が低空飛行するのだ。今日はイタリアの建国記念日とかで、ムッソリーニがこしらえたという市の中央の大通りで軍のパレードがおこなわれているらしい。どこもおなじだ。フランスの七月十四日祭、日本でいうあのパリ祭の主な催しだって、シャンゼリゼでの軍のパレードではないか。キーンというジェット・エンジンの音が近づくたびにガイドは説明を中止し、いまいましげに上空を見上げる。そして「戦争中にいやというほど聞かされましたよ、もうたくさん」と誰にともなくつぶやく。

説明が終わり、ガイドが小冊子を閉じてそばの男に返すと、相棒らしいもうひとりの男が片方の表紙をもって駈けだす。するとどうだろう、小冊子は屏風のように折りたたみ式になっているらしく、パラパラと延びて二メートルほどの帯になるではないか。手品でも見るようにあっけにとられているわれわれ観光客のほうを横目でちらとながめながら、しゃれた帽子をかぶったガイドのシニョーラは「パ・シェール（高くない）」と申し訳のようにひとこと宣伝した。

その後で約十分間の自由時間。もちろん写真をとるためだが、けっして「自由な時間ではない。写真をとるべき場所やカメラ・アングルまでもいちいちガイドが指示するのだ。そう言われてみると、たしかにカメラを構えたくなるような景色だからなおさら癪にさわるのだ。こうしてわたしたちは同じ風景に向かって並んでシャッターを切り、物売りからスライドや絵葉書を買って、結局は同じ景色について三種類のステロタイプをもつことになるのだ。

フォーラム見物をおえてバスのほうに引き返そうとすると「チョトマテ!」と妙な日本語が聞こえる。おどろいて立ち止まると、物売りのひとりが例の名所めぐりのパンフレットをさしだして「ニホンゴ、ニホンゴ」と言う。よくみると表紙に「日本語でも説明してあります」と下手な字で書いてある。ローマはよほど日本人観光客が多いらしい。

ここからサン＝パオロ寺院へ向かうバスのなかで、はげしい便意におそわれる。市内見物どころではない。目を閉じ歯を食いしばって我慢する。あぶら汗がにじみでる。バスを停めてもらおうかとも思うが、下車したところですぐ便所が見つかるわけではない。それならこうしてバスにすわったまま、便所ぐらいはあるであろう寺院へ運ばれるほうがよい。観光バスにのって便所へ急ぐとは。

やっと着いた！　門から本堂までの遠いこと。緊張で固くなった体を慎重に運びながらガイドのシニョーラのそばに近よって、「トワレットは？」と訊ねると、「奥のほうに」と答えて平然としている。相手がこれほどの緊急事態にあろうとは気づかないのである。顔の表情からわかりそうなものを。

やっと本堂に入る。暗い。「奥のほう」とはどのあたりか。がらんとした広い空間が怨めしい。説明を聞くどころではない。全員の揃うのを待っているガイドに近づいてもういちど訊ねようとすると、彼女のほうから言った。

「ムッシウ、あなたの探しているところは、この奥の突き当りを右に行ったところにありますよ。僧院の廊下のはずれに……」

周囲の視線など気にしてはおれぬ。「グラツィエ」、これだけはイタリア語で礼を言い、床石をふみしめるようにして暗い奥へ向かう。

〈あなたの探しているところ〉は、しかしすぐには見つからない。僧院の回廊を右往左往し、あちこちのドアを開けてのぞいたあげく跳びこんだのは、「トルコ式」と称せられる汚い便所。およそ一メートル四方に床を浅くくりぬき、そのなかに二つの足のせがある。大急ぎでベルトをゆるめ、足もとを気にしながらしゃがみこむ。

二度とこんな目に会わぬようゆっくり時間をかけて用を足し、もうそろそろ説明も終わるころだと思って堂内にもどってみると、ガイドは黒い人のかたまりを前にして熱弁をふるっている最中だった。が、足音を忍ばせて近づくわたしをみとめると説明を中断してこう言うのだ。

「ムッシウ、あなたの探していたところは見つかりましたか」

一行がいっせいにわたしの方を見た。

以上がわたしのローマ見物である。終日コースを選ばなかったのがせめてもの救いか。

午後はベッドで寝ころんで過ごす。ああ、やっぱりこのほうがいい。

×日
腹ぐあい悪く元気なし。終日引きこもって過ごす。
先日買ったローマ名所の絵葉書を家族や友人へ送る。前に一度出したのとダブらぬようにしたいが、憶えていないのでいい加減に選んで書く。

昼食のときロバートに会ったので、マリアと称するあの緑色の帽子をかぶった女のことを訊ねてみる。

「ああ、あの女のひとね。ここのシニョーラの友だちで、大金持だそうですよ。ホテルや別荘をいくつも持っていてね。二十一の若いツバメを養っている。つまり、あの……何て言うのかな、フランス語で。ジゴロ？」（ジゴロは男性）

こんなことをすらすらしゃべる。一体、どこで聞いてきたのか。出所はたぶん、宿のボーイ兼支配人アルベルトあたりだろう。

その〈女ジゴロ〉ことマリアが夕方姿を見せ、われわれといっしょに食事をする。テレビではちょうど〈イタリア最高の歌手〉ニーナがイタリアやフランスの流行歌をうたっていて、マリアもいっしょに口ずさんでいる。

そのとき、何がきっかけだったたか、ロバートが例の結婚失敗談をまたはじめる。マリアはかすかな微笑を口もとに浮かべて聞いているが、話が「レズビアンの行為」のところにさしかかると小さな眼をかがやかせ、思わず身を乗りだす。

ロバートは前にわたしに話したことを忘れているらしい。この話は彼の十八番なのだろう。あるいは、こんな話で女の好奇心をそそるのが彼の手なのか。

×日

ローマに来てからもう何日になるだろう。いつまでもここにいるわけにはいかない。下痢の治り次第出発しよう。

出ていくこと。このメヴィオ館から。懶惰な日常から。〈メヴィオ化〉した自分自身から。

ピアッツァ・ディ・スパーニャ（スペイン広場）だけはどうしても見ておこうと思って外へ出た。やがて道は河岸ぞいとなる。河岸は舗装道路から二メートルほど高くなっており、テラス状の小ぎれいな公園がのびている。やがて行き止まりになり、石段から舗装道路へ下りてまたしばらく歩く。このあたりがピアッツァ・ディ・スパーニャのはずだがと周囲を見回すが、広場らしいものも、かの有名な広い石段もなく、目に入るのはただ薄汚ない建物ばかり。不審に思って通行人に「ピアッツァ・ディ・スパーニャ、ペル・ファヴォーレ」（すみませんが、スペイン広場は）とわれながら流暢なイタリア語で訊ねてよく見ると、その人はなんと、一昨日の市内見物のガイドのおばさんではないか。彼女は黙ってある一軒の建物を指さし、納得顔にかるくうなずきながら微笑む。見ると、そこには「PRIX UNIQUE」とフランス語の看板が出ている。ははあ、この〈プリ・ジュニック〉という商標はイタリアでも共通なんだな、と懐かしさをおぼえながらなかへ入る。そうだ、クリネックスを買うのだった。いいところで思い出した。このところ下痢で何度も便所へいくので、パリからもってきた柔らかい紙がなくなってしまったのだ。備えつけのあの安物のハトロン紙のようなやつで一日に何度も尻を拭くと痛くなるからなあ。……一階を探し、やっと化粧品売場を見つける。と、そのとたんに閉店のベルが鳴りひびき、売子がいっせいに商品のうえに布のカバーをかけはじめる。待ってくれ！　わたしは慌てふためき、「クリネックス、クリネックス！」とさけびながら近寄ろうとするが売子は一切かまわず店仕舞いをつづける。「ペル・ファヴォーレ！　クリネックス！」――ここで目がさめた。クリネックス！　と実際にさけんだ自分の声で目がさめたらしい。

長すぎた昼寝の後のけだるさを追い払おうと屋上へ出てみる。前にいちどアルベルトが案内してくれたので勝手はわかっている。ロビーにはだれもいない。そろそろロバートがあのトスカーナの安ブドウ酒の大びんをかかえて現れ、古雑誌をめくりながら飲みはじめる時刻だが。

屋上へはいったん宿の外へ出て、廊下のつきあたりの小さなドアから出る。屋上はこの建物全体の物干場となっている。陽をいっぱい浴びたシーツの白さが目に痛い。その布がはげしい風にばたばたと鳴る。その下をかいくぐるようにして端の方へ行ってみる。屋上といっても、市の眺望が開けるわけではない。いずれの方向を見ても、シーツの白旗がはためく建物の屋上が視界をさえぎっているだけだ。そして頭上には、今日もあの透きとおるような紺碧の空。

このローマの屋根とシーツの間から、以前アルベルトが教えてくれたとおり、はるか彼方にヴァチカン市のサン゠ピエトロ大寺院の屋根が小さくのぞまれる。この有名な寺院や美術館も一度は訪れたいがと思ったとき、さっきの妙な夢を思い出す。ローマの名所を訪ねるつもりで出かけて、スーパーでちり紙を買うことしか思いつかないとは。下痢をがまんしてがまんしてサン゠パオロ寺院へ向かったときの苦しさ。千の芸術より一つの便所。

何よりもまず腹具合を治すこと。酒はしばらく慎むこと。

今日は午後も夕食のときもロバートの姿を見かけなかった。

×日

午前十一時。

今朝もロバートの姿を見かけない。昼ちかくまで寝ていることもあるのだから、べつに不思議でもないが、ちょっと心配になってアルベルトに訊ねてみた。すると案の定、昨晩もどって来なかったと言う。どうしたのだろうと訊ねても、知らないよと言って平然としている。

予感が突然、確信に変わる。逐電したのだ。

夕刻。

ロバートはまだもどらない。失踪はいよいよ確実となった。アルベルトに「逃げたのではないか」と注意してやったが、「パスポートの番号がひかえてあるから大丈夫さ」と呑気なものだ。「部屋を調べてみたら?」と言っても直ぐには聞き入れない。

午後、ロビーでぼんやりしているとアルベルトがやってきて、「ロベルトの部屋は空っぽだ」と言う。さっきのぞいてみたら荷物がない。トランクは空っぽ。古靴が一足あるだけ。

「警察にとどけたら？」

「なあに、大丈夫。パスポートの番号がひかえてあるから、イギリス大使館にとどければ弁償してくれるよ。ぼくが貸してやった金もあるんだ」

そう言うとアルベルトは部屋へもどり、やがてトランジスター・ラジオをもって出てきた。

「これ何か知ってるか」

「ラジオだろう」

「ノー、ノー。ほら、ね」

と言ってケースを開けて見せる。小型のテープレコーダーだ。スイッチをいれるとジャズ風の音楽が流れ、アルベルトはその小さな黒い箱を胸に抱きしめて踊りはじめる。最初のうちはにやにやしていたのが、やがて音楽と踊りに没入して次第に顔の表情が真剣味をおびはじめる。ときおり腰をたくみにくねらせ、あごをぴくぴくとこまかく動かす。うっとりと眼を閉じているかと思うと、わたしを見てにっこり笑う。そのうち感極まって「おお、ジャポネーセ！」とさけぶとわたしに抱きついてきた。

これがイタリア風なのか。それにしても何と頼りないことか、この若き支配人は。

とにかく、逃げたロバートのことを何とかせねばなるまい。あの善良な宿のシニョーラのためにも。

夜。

ロバート逐電の件は、当然アルベルトからシニョーラに報告があったはずだが、念のためにわたしからも伝える。するとロバートの部屋を見てくれと言うのでついて行く。

他人の部屋に入るのはいやなものだ。体臭その他さまざまな臭いがこもっているので。しかしロバートの部屋には何の臭いもないのだ。ベッドがきちんとこしらえられてある。まるでしばらく誰も住んでいなかったように。薄暗がりのなか、ベッドの足もとのむき出しの床のうえに、プラスチック製らしい小型のスーツケースが一つ、アルベルトの言うとおりころがっている。そのふたをシニョーラが開ける。中身は履き古した運動靴が一足だけ。歴然たる逃亡の痕跡だ。

これでもまだシニョーラは半信半疑でいるらしい。眉をひそめ泣きべそをかいているようなあの表情は元々からなのだが。警察に連絡しなくてもいいのかと訊ねても、明日だとか、パスポートの番号がわかっているから大使館にとどけさえすればいいとか、アルベルト同様悠長なことを言う。

シニョーラもできるだけ警察とは関わりたくないのだ。わたしが「警察《ポリス》」という語を口にするたびに、彼女の顔はおびえたように一瞬くもる。

×日

ロバートのことを考えると次第に腹が立ってくる。反応ののろいアルベルトやシニョーラを見ていると、やきもきしてくる。これだからおまえさんたちはダメなんだ、いつも客を奪われたりだまされたりして、こんな生活から脱けだせないのだ。

わたしはにわかに正義感に目ざめ、シニョーラのために何とかしてやりたくなる。しかしいくらあせっても、結局は何もできはしないのだ。わたしの正義感は、ひょっとしたら腹具合が治ったその回復期の一現象なのかもしれない。

下痢はおさまったが、このままでは出発しにくくなった。ただひとりの客であるこのわたしが去ったらメヴィオ館はどうなるのだろう。

大使館に電話したかとシニョーラに訊ねたら、今日は日曜日だから明日の朝と言う。逆に今日は外出するかとたずねるので、わからないが、なぜと訊きかえすと、その返事がこうだ。

「街を歩いていてロベルトの姿を見かけたら、もどってくるように言ってね」

ロバートが逐電し、そのうえ今日は日曜日でアルベルトもどこかへ遊びに出かけているらしく、宿全体が気味のわるいほど静まりかえっている。シニョーラは部屋に引きこもったきりだ。手もちぶさたに、わたしはまた日本の友人に絵葉書を書いたりしてひまをつぶす。

夕方、めずらしく電話のベルが鳴る。シニョーラが出るが、間もなく慌ててわたしの部屋のドアをノックして「シニョール！　シニョール！」と急きこんで呼ぶ。何事かとおどろくわたしに向かって彼女がイタリア語とフランス語をまじえて早口でしゃべるところから察するに、フランス語の電話だから出てくれと頼んでいるらしい。仕方なくロビーの隅の電話のところへ急ぐ。

「アロー？」

たしかに電話はフランス語で、部屋はあるかと男の声が訊いている。ところが困ったことに、ここしばらくロバートやアルベルトと英語でしゃべる癖がついていて、つい英語が出るのだ。「ウィ」のかわりに「イエス」と言ったり、ときには「シ」なんてイタリア語がとび出す始末。それにわたしは宿の人間ではないから、相手の言うことをいちいちシニョーラに取り次がねばならない。ところがわたしとシニョーラのやりとりがイタリア語まじりのフランス語ときているから、スムーズに運ぶはずがない。おまけにシニョーラは興奮気味で、部屋代など肝心な点になると早口のイタリア語で数字を言う。さっぱりわからない。そのうちわたしまで上がってしまい、フランス語と英語を混じえて電話口にむかってわめく始末。

「あなたはフランス語がわかるのですか？」

ついに先方は苛立ちを抑えたようなゆっくりした口調でこう念をおした。これだけはよく解ったので力をこめてあわてて「イエス！」と答えてはっと気づいたが、もう遅い。一瞬おいて電話は切れた。「アロー、アロー」とさけんだが、もちろん応答はない。

シニョーラが心配そうにわたしの顔をのぞきこむ。

「お客さんは来るの？　ねえ、来るの？」

「電話が切れた……」と言い訳をすると、シニョーラはわたしの顔を怨めし気にじっ

と見つめる。「……すみません」。身の縮む思いだった。やがて彼女は大きく溜息をついて、

「ここにはたくさん部屋があるので、お客さんがないと困るのよ。ねえ、この夏のヴァカンスにはあなたのお友達をどっさりよこしてちょうだいね。安くしとくからね。おねがいよ、お友達をどっさりよ……」

ロバートに逃げられたときは「仕方がない」といった余裕ある態度でわたしをあきれさせたこの老いた宿のおかみさんがいまはすっかり力を落とし、日ごろよりもいっそう眉を下げて哀願する、そのさまを見ていると、自分がこの宿の経営に責任があるような気がしてくる。そのうち次第に腹が立ってきた。たしかにせっかく釣れかかった魚を逃がしたのはわたしのせいだ。しかしわたしは通訳としてこの宿に雇われているのではない。あくまでも客だ。この調子で今後も電話にひっぱり出されたりしてはたまらぬ。はやくここを出ること。ぐずぐずしているとまたどんな事件にまきこまれるか知れたものではない。「ボンジョルノ、シニョーラ」なんて、何時までもお芝居気分にひたっているわけにはいかないのだ。

×日

宿にいても何となく落ち着かない。また昨日のような電話がかかってきはせぬか。それにまたあれ以来、シニョーラがいっそううちしおれているような気がして、言われなき責任感にちくちくと胸を刺されるのだ。アルベルト頼むに足らずとみて、これ以上頼りにされてはたまらぬ。「夏のヴァカンスにお友達をよこしてちょうだいね」と念をおされ、イタリア語で「シ」と応じた、その安請合いの後味のわるさもある。

あれやこれやで、今日はめずらしく外出する。主な交通機関たるバスの路線はやたらと複雑なので、歩いて行ける範囲、とりあえず通い慣れたヴィットリオ・ヴェネト通りまで出かけることにする。ガイドブックによれば、ここのカフェのテラスには世界各国の芸術家、映画人らが集まって歓談のひとときをすごすのだそうな。

出かけようとすると、シニョーラが不安げな眼つきでじっと見つめるのでつい「ロバートを探しに行く」なんて心にもない慰めの文句を口にしてしまった。

曲がりくねったヴィットリオ・ヴェネト通りには航空会社のオフィスのほかにエクセルシオールといった豪華なホテルや高級なカフェなどが並んでいる。テラスを埋めるでっぷり太った赤ら顔の裕福そうな老人たち。

マストロヤンニのようなのはいないなあ。そう思いながら足を運んでいて、ふと通りかかったタバコ屋の店先にたたずむ白い仕事着姿の青年の顔に目をやった瞬間、はっとした。面長の顔にくぼんだ眼、すっきりと高い鼻、古代ローマ人を思わせる彫りの深い、厳しいほどにひき締った目鼻立ち、それを内側から何というか、甘い、女性的なかすかな微笑が照らし柔らげている。女、いやたしかに男性だ。一時、わたしは足が止まり、思わず目を逸らせてしまった。何だ、これは。「魅力」、そうだ、あの『ストーン夫人のローマの春』のパオロ、彼もきっとこんな青年だったのだ。

興奮をしずめようと、カフェのテラスに掛けチンザーノを飲みながら一休み。眼の前を行き来する人の流れをながめていると、あ、あのひと、先日のガイドのおばさんだ。今日も同じ白と紺の縞の麦藁帽をかぶり、疲れきったような妙に空ろな表情をして歩いている。一仕事おえて帰るところだろうか。目の前を通りすぎようとした瞬間、急に懐かしさがこみ上げて「シニョーラ!」と呼びかけたがそのまま行ってしまった。

呼び止めてどうするつもりだったのだろう。あのメヴィオ館の女主人の哀れっぽい怨めしげな顔をすこしでも忘れたくて? まるで制帽のように何時もかぶっている縞の麦藁帽、名所旧跡を前に熱弁をふるうかすれ声、物売りの男の名所案内の絵葉書を手に、「高くない」とつぶやくその顔にうかんだ自嘲の色。つぎの瞬間、彼女はスーパーマーケットを指さし、こちらに向かってうなずきながらにやりと笑う。……チンザーノがすこし効きはじめたようだ。

近くのキオスクで一日おくれのル・モンド紙を買い、小銭のあるのを確めてから宿へもどる。午後七時というのにまだ真昼の明るさだ。ドアを押して入ると、めずらしくロビーにシニョーラ、アルベルト、それにマリアの三人が集まって何ごとか相談しているようだったが、わたしが近づくといっせいにこちらを見る。まさかロバートを連れてもどって来るのを待っていたのではあるまい。

わたしがそばに立っているとシニョーラが重そうな腰を椅子からもちあげ、いつまでここにいるのかとたずねる。とっさに、「明朝出発します」という答えが口からとび出す。もっといてくれと哀願するかと思ったらそうではなく、友達をよこしてくれと頼むだけだ。アルベルトは黙ってにやにやしている。マリアも始終黙ってじっとわたしの顔を見つめている。変な感じだ。今晩のうちに勘定書をこしらえてくれとアルベルトに頼んでおいて部屋にもどる。

明日発つ。思いがけず口をついて出た返事で自分の行動が決まるとは。そうだ、何日も前からわたしは明日発とう、明日発とうと考えつづけていたのではないか。何処へ？　それは明日、駅で決めることだ。

さっそく出発の準備にとりかかる。荷物はあっけなく出来てしまい、わたしは窓辺にたたずんでしばらく夕風にあたる。何度ながめてもいっこうに親しみのわかない煤けた近くの建物。鎧戸の窓は今日も閉まっている。そしてこれら建物の彼方に老体を横たえている永遠の都ローマ、わずか半日のうちに見て回った円形闘技場、フォーラム、＊＊寺院等々の記憶もたちまち薄れ、絵葉書のイメージと化してしまった。

視線をすこし下げて五階の窓をながめる。一つだけ今日も開いている窓。この建物の生きているわずかなしるし。最初の日に垣間見た仕立物のうえにかがみこんでいる中年の女の緩慢な動作。ああして毎日、おなじ時間におなじ場所でおなじ動作を繰り返しているのだ。せめて一度くらいは顔をあげたらいいのに。しかしまるで意地を張ったように、女は顔をあげて窓の外をながめようとしない。顔をあげてくれ。ここを去るまでに一度くらいは顔を見せてくれ。しかし女はうつむいたままの姿勢を崩さない。

夕食をすませ、そのままテーブルに残ってテレビを見ているところへ、アルベルトが勘定書をもってくる。さきほどから同じこの食堂の片隅でシニョーラが計算していたのである。日割り計算なので注意しながら目を通していくと、飲んでいない酒代まで付いている。アルベルトにその旨を伝えて計算をやりなおしてもらう。

わたしのテーブルからわずか離れたところで、なにかしきりに言い合っているアルベルトとシニョーラ。アルベルトが何事か勧めるのを彼女が断っているらしい。しだいに声が大きくなる。ときどきアルベルトがこちらを見てウィンクしたり、にやっと笑ってみせたりする。「アミーコ」という言葉が耳に入る。やがてシニョーラは黙りこんだ。するとアルベルトが小躍りするような軽快な足どりでやってきて紙片をみせ、ブロークンな英語で説明してくれた。本当ならこれこれの金額だが、きみとぼくは友人《アミーコ》だからこれだけに負けさせたと言う。そう言いながら、じつに嬉しそうににこにこ笑っている。わたしはいささか当惑する。もともとずいぶん安いのに、さらに負けてもらってもいいのか。シニョーラの様子をうかがうと、あの下がり眉がいっそう下がっていまにも泣き出しそうに思え、アルベルトに礼をいう気持も複雑だ。ロバートに逃げられ、めずらしく電話してきた客をつかまえそこね、そしていま最後にひとり残った客の勘定を負けてやらねばならぬ。これでは踏んだり蹴ったりではないか。それにしても、この支配人兼ボーイのアルベルト青年は一体何を考えているのか。友情のために利益を犠牲にしていて生きていけるのか……。こちらのこんな心配などつゆ知らぬ顔で、いま彼はテレビに大写しされた女歌手の顔を食い入るようにながめている。

翌日

八時起床。九時、懐かしのメヴィオ館を出る。そうだ、いまや「懐かしの」だ。アミーコ・アルベルトの毛深いがっしりした手を最後にもういちど握りしめ、「アリヴェデルチ」(「さようなら」)とひとこと告げたい。しかし当の本人はまだベッドのなかだ。

部屋着姿のまま戸口まで見送ってくれたシニョーラのぽってりと分厚い荒れた手をかるく握る。嬉しいのか悲しいのかわからぬこの顔、数日前わたしを迎えたときとおなじ泣きそうな表情にむかってわたしは最後にイタリア語で別れの言葉を口にする。

「アリヴェデルチ、シニョーラ」

すると相手もイタリア語でおそらく〈夏休みにお友だちをよこしてね、どっさりよ〉といったようなことを抑揚たっぷりの懇願口調で言い、以前にわたしが知人からもらったのと同じ淡黄色の名刺を五、六枚わたしの手にもたせるのだ。これを頼りに客がこの七階のてっぺんまで上ってくるのはいつの日か。

ドアを開けて廊下に出る。やれやれ済んだ。足取りも軽くエレベーターの前に急ぎ財布を調べてみる。しまった！ 小銭がない。スーツケースをぶら下げてとことこ七階から降りるのは初めと終わりで首尾一貫している。だがいまはそんなことを言っている場合ではない。やむなく引き返し、シニョーラに小銭の両替を頼むと「ノー」と言う。そう言いながら彼女はわたしの背を押すようにしていっしょに廊下に出て一階からエレベーターをよび、とにかく乗れと言う。中に入ると、内壁の隅のところにわたしの背中をぴったり押しつけて外から姿が見えないようにさせ、「見ないで！ 見ないで！」と繰り返しながらドアを閉める。わたしは言われたとおり眼をつむりまでする。つぎの瞬間、エレベーターはゆるゆると下降しはじめる。どうやら金を入れずに動かすこつというか、なにかちょっとしたカラクリがあるらしい。「見ないで！ 見ないで！」シニョーラの声にこもる真剣なひびきを思い出し、エレベーターのなかでわたしは笑いを抑えきれない。

ローマ終着駅。

ガラス張りの広壮なドーム。構内にただようやわらかな朝の光、拡声器の声の聞こえないふしぎなほどのうつろな静寂。そのなかを横切っていく旅行者たちののんびりした足どり。出発を前にして気の高ぶるわたしにはいささか拍子ぬけだ。

そばを労働者風の青年が新聞に目をやりながら通りすぎる。ふとのぞくと、大きな活字が眼にとびこむ。ついに始まった！　わたしはあわてて売店へ行き、まだインクのにおいのぬけないイル・テンポ紙を買う。片手にもっていた、昨日買った一日おくれのル・モンド紙は紙くずかごにほうりこむ。そして、イスラエルとアラブ連合の開戦を報ずるホットニュース満載の、しかしわたしにはよく解らないイタリア語の新聞を小脇にはさみ、妙にうきうきした気分で改札口のほうへ歩きはじめる。

アリヴェデルチ、ローマ。

*

あとがき

むかし筑摩書房から出ていた月刊誌「展望」の書評欄で、多田道太郎さんが私の『幸福へのパスポート』を取り上げてくれたことがある。そのなかで次のように書かれていた。

（この作品を読んでいくと、小さなメモが次第に小説らしい形をとっていく過程がよくわかる。）「しかし、「小説」となって腐ってゆく寸前の「ローマ日記」に、とうてい小説とはなりえない現代の魅力を私は感じた」。

当時このくだりを読んだ私は「突如、自分のうちに何かが目ざめたような気がした」と書いている（山田稔「転々多田道太郎」）。

今からおよそ半世紀も前のことだが、「小説となって腐ってゆく寸前」の魅力という評語は、その後いわば私の執筆に際しての指針として私の胸に生きつづけてきた。

「ローマ日記」は初出一覧にあるように、『幸福へのパスポート』に収められた後は再録の機会に恵まれず、私の他のどの作品集にも入っていない。それを最近読み直してみた。今から見れば若書きで、表現のまずさがいくつも目につく。それでも、これは私にとって記念すべき作品であることに変わりはない。何か別の形でもう一度、日の目を見させることはできないか。

ただ、この一作だけではどうにもならない。そこで道連れとして他の、やはり旅行ものの旧作二篇を加えて新たに編んだのが本書である。

作品配列にかんしては、肝腎の「ローマ日記」はやはり若書き（今から見れば他の二篇も同様だが）としての遠慮から、最後にまわすことにした。また書名も「ローマ日記」とはせず、いちばん長い「メリナの国で」から採り、副題として前作に因み「新編　旅のなかの旅」を添えた。

なお、三篇とも今回、筆を加えた。

以上のような経緯を承知のうえで編集工房ノアの涸沢純平氏は本書の刊行を引き受けてくださった。私としてはこのたびも氏の温情に甘え、かつ深謝するのみである。

なお装幀にかんしては、今回も森本良成氏の協力を得た。ここに記して感謝のしるしとする。

二〇二三年三月

山田　稔

初出一覧

「メリナの国で」

一九八〇年十月一日から翌八一年四月十日まで京都新聞（夕刊）に連載された『旅のなかの旅』の第一章。

なお『旅のなかの旅』は後に単行本として新潮社（一九八一年九月）、および白水社（二〇〇二年七月）より刊行された。

「太陽の門をくぐって」

「ＶＩＫＩＮＧ」三五三号（一九八〇年五月）。後に『太陽の門をくぐって』（編集工房ノア、一九九六年六月）に収録。

「ローマ日記」

「ＶＩＫＩＮＧ」二〇七号（一九六八年三月）。後に『幸福へのパスポート』（河出書房新社、一九六八年一月）および同（講談社文庫、一九八一年四月）に収録。但し『幸福へのパスポート』（編集工房ノア、二〇〇一年七月）には「ローマ日記」は収められていない。

山田　稔（やまだ・みのる）
一九三〇年北九州市門司に生れる。京都大学でフランス語を教え、一九九四年に退官。
主要著書
『スカトロジア』（三洋文化新人賞）
『コーマルタン界隈』（芸術選奨文部大臣賞）
『ああ、そうかね』（日本エッセイスト・クラブ賞）
『北園町九十三番地　天野忠さんのこと』
『八十二歳のガールフレンド』、『マビヨン通りの店』、
『富士さんとわたし　手紙を読む』、『天野さんの傘』
『山田稔自選集』全三巻など。
翻訳書として、
ロジェ・グルニエ『フラゴナールの婚約者』（日仏翻訳文学賞）、同『チェホフの感じ』、アルフォンス・アレー『悪戯の愉しみ』、『フランス短篇傑作選』、エミール・ゾラ『ナナ』など。

メリナの国《くに》で
——新編　旅のなかの旅
二〇二三年五月一日発行
著　者　山田　稔
発行者　涸沢純平
発行所　株式会社編集工房ノア
〒五三一—〇〇七一
大阪市北区中津三—一七—五
電話〇六（六三七三）三六四一
FAX〇六（六三七三）三六四二
振替〇〇九四〇—七—三〇六四五七
組版　株式会社四国写研
印刷製本　亜細亜印刷株式会社

ISBN978-4-89271-368-2
不良本はお取り替えいたします